Yilin Illustrated Classics

有声双语经典

A Christmas Carol

圣诞颂歌

[英国] 查尔斯·狄更斯 著
[美国] 丽莎·马拉基 改写
孟晓俊 译

译林出版社

扫描二维码收听并下载英文音频
也可前往译林新知网
http://xinzhi.yilin.com/ 下载

每一个灯光漫溢的夜晚

去年开始，京东图书商城的运营者们在网上做了一档很不错的栏目，叫作“大咖书单”，我记得是在第四期时，我为这份书单推荐了两本书，《杀死一只知更鸟》和《奇风岁月》，到第七期又推荐了两本，《老师，水缸破了》和《天虹战队小学》。回过头一想，赫然惊觉，两次推荐的四本书，居然都是出自译林出版社。潜意识里我对这家出版社是有多偏爱啊，我那么自觉自愿地、一往无前地做了译林社的一名“吹鼓手”。

没有办法，喜欢就是喜欢，没有道理可讲。

喜欢译林出版社的书，其实是因为我喜欢外国文学作品。细究起来，我对外国文学的热爱，源自童年那个无书可读的时代。我在扬子江边一个小小的县城长大，我父母工作的学校是当地最好的县中，县中图书馆多少有一些藏书，“文革”开始的那一年，书籍和老师们一同被揪出来示众，之后老师们游街，图书拉到操场一把火烧毁。图书馆主任“火中抢栗”，偷出一纸箱运回家中。主任的儿子跟我小学同班，因此我沾了他的光，把他父亲秘藏的小说书一本一本地搬运出来，在一双双黝黑的小手中辗转一圈之后，再神不知鬼不觉地偷放回去。那位图书馆主任可能比较“崇洋媚外”，弄回家的小说大都是世界名著，我对于外国文学的兴趣，便是从那时开始的。

那时年幼，读书不求甚解，又因为是背着大人们的“偷阅”，读书过程基本是囫囵吞枣。很多书传到我手里的时候缺头少尾，只剩下中间三分之二的篇幅，精彩之处戛然而止，急得我抓耳挠腮。页码齐全的书，抓到手里翻开就读，书名是什么，作者何人，很奇怪地忽略不计，一点儿不想知道。及至十年之后我上了大学，外国文学开禁，我在北大图书馆发疯一样地狂读名著时，时不时会在心里惊叫一声：这本书不是我小时候读过的吗？于是，嗅着书中陈年纸张散发的潮湿气味，心里涌出一种老朋友失而复得的狂喜。也有一些书，童年时候莫名其妙地读过了，却是踏破铁鞋无觅处。它们就这样永远地从我的生活中消失了，像无数消失在我生命旅途的朋友和家人。

高二那年，妹妹的同学借了我一套肖洛霍夫的《静静的顿河》。在我的生命中，那是一次飞跃，此后的这么多年我以文学为生，应该与那一次的阅读震撼有关。书中的那个哥萨克人格利高里，很长时间中成为我欣赏男性的标准。书中描写的顿河风光，至今都在我的脑子里鲜活和闪亮。

十九岁，我在农场插队。一个飘雪的冬夜，农场宣传队在场部排练节目时，电突然停了，礼堂里一片漆黑。一个只读了三年小学的农场工人对我们说："我来讲个故事吧。"他讲的那个故事叫《茶花女》。一直到今天我都觉得那个晚上的情景像梦。在那个不准读书的年代，那个没有文化的乡村，初小没有毕业的农民居然讲出法国作家小仲马的名著。那个漆黑凄美的冬夜，从此也深深刻印到我的记忆之中。那是我第一次领略悲剧作品的魅力。几年之后，时代剧变，我买到了《茶花女》的小说，听过了《茶花女》的歌剧，看过了同名电影，我从一切形式的《茶花女》中寻找那个雪夜的感觉，然而再不可能，最好的都是唯一的。

一九七八年初春进入北大，那一年外国文学还没有开禁，北大图书馆里辟出很小的一个房间作为"外国文学阅览室"，每星期三的下午，允许中文系文学专业的学生，凭学生证进入阅读。我的印象中，那间阅览室只能容纳十几二十几个学生，每次开放，排在前面的同学才有机会被老师放进门去。于是那一年的“星期三”成了我们的排队日，匆忙吃过午饭，碗都来不及洗，拔脚往图书馆飞奔，一行人安静地在阅览室门外排队，等待两点钟开门放人。除却寒暑假、节日、有课的日子、有重要活动的日子，剩下的“星期三”并不是很多，所以每一次的阅读时间弥足珍贵。一书在手，全身心地扑上去吞食，每每到五点钟闭馆交书，站起身来，头晕目眩，虚脱的感觉。那种阅读，耗出去的不仅仅是脑力，还有巨大的体力。

一九七八年，人民文学出版社开始重印外国文学名著。刚开始的时候人多书少，全班同学轮流着到海淀新华书店通宵排队购书。那时年轻，通宵不眠为了买一本书，丝毫不觉辛苦。慢慢地书越出越多，时常到书店转悠，冷不丁地就碰上新书上架。排长队是不必了，痛切的感觉是口袋里钱太少。那时发下的心愿是哪一天发了财，可以把书店里的新书都掳回来。转眼三十年过去，谈不上发大财，买书是可以不计价钱了，可是看着书店里铺天盖地的图书，想到书架上还有很多书不及阅读，解囊的兴致少了许多，挑挑拣拣，带个一两本回家，心中并没有太多欣喜。人生的悲哀真正是无处不在。

还是回到一九七九年。印象之中，《世界文学》《外国文艺》《译林》这些杂志都是在那时候陆续复刊和创刊的。这些刊物着重介绍外国现当代文学，并且以中短篇幅的为主，对于习惯了阅读古典长篇的我们，眼前似乎又打开了另外一个世界。我非常清楚地记得，同班同学陈建功有一次读到格雷厄姆·格林的短篇《永远占有》，佩服得五体投地，双眼发光地跑来跟我们说："我真想跪在格林面前向他致敬！"

童年的阅读实在重要，它奠定了一个人终生的阅读口味。检点我书架上的书籍，百分之八十是外国文学作品。我曾经订阅过的刊物，有《世界文学》《外国文艺》《译林》《译文》《世界电影》……统统跟外国文学有关。几十年中，每一个灯光漫溢的夜晚，阅读这些缤纷华彩的文字，感觉世界离我很近。文字中写到的每一个角落，都是我心灵去过的地方。我占有了这些作品，我就占有了这个世界。

在我的印象中，译林社出的每一本书，无论是社科类的，还是人文类的，都值得读者收藏。而在译林社所出的文学类图书中，外国儿童文学作品又属精品中的精品，比之国内大多数专业少儿社所出的图书，译林社的视野更宽，选择标准更高，口味也更纯粹。很敬佩译林社的众多编辑们，他们敬业而又专业，总是能从全世界浩如烟海的各类书籍中挑选出最值得国人阅读的那一部分，延请最好的翻译家、最好的画家和设计师，做出一本又一本端庄而精致的图书，送到读者的面前。每次徜徉在灯光明亮的书店，或者打开手机上网搜索，译林社的新书总是我最中意的目标，我信赖译林社的出品，而且基本上不会失望。

翻开这套“有声双语经典”的书目，里面的作家和作品都是我熟悉的名字。有些书是在童年和少年时代各种侥幸落入我的手中的，有些是读大学时列入必读书单需要细读的，还有一些，比如《小王子》，比如《绿山墙的安妮》，少年和青年时代居然都错失了它们，是我在人到中年之后才补读完成。更有一部分，年轻时读过，花甲之年又重新捧起，是为了重温之后可以为我的小外孙女们详细讲解。在此我愿意把这些书目推荐给小读者们，是因为这样的一套书当之无愧地应该成为你们最好的朋友，会帮助你们更加优雅地长大。

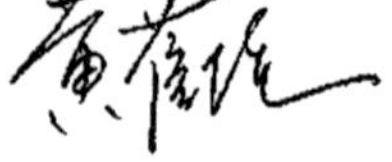

作品导读

《圣诞颂歌》是查尔斯·狄更斯于1843年创作的小说，该书深受全世界文学爱好者的喜爱，书中塑造了斯克鲁奇这一经典的文学人物形象，而狄更斯本人更是因为这部作品被读者称作“发明圣诞节的人”。

该小说主要讲述了一个尽人皆知的吝啬鬼斯克鲁奇的故事。斯克鲁奇为人吝啬，一毛不拔，是远近闻名的“铁公鸡”。他的合伙经营人老马利去世之后，他的吝啬程度愈演愈烈。虽然他自己已经积攒了很多钱，然而他连一块煤炭都舍不得为他的职员加上；社会活动家恳请他为穷人们募捐，也遭到他无情的嘲笑和冷酷的回绝。他的外甥好心好意地邀请他参加圣诞家庭聚餐，反被他误认为要占他的便宜而一口回绝。在圣诞前夜，他回到了家，夜色中他猛然发现自家的门把手变成了老马利的脸庞，上楼时又俨然看见一辆马车呼啸而过，一切事情显得那么怪异和不可思议。

回到房里，斯克鲁奇在这夜先后被三个幽灵造访，它们分别是“昔日圣诞之灵”“今日圣诞之灵”和“未来圣诞之灵”。“昔日圣诞之灵”带着他回顾了在他孤单寂寞的童年时代，妹妹给予他的关爱以及仁慈善良的老板带着他和其他学徒一起欢度圣诞的温馨场景。“今日圣诞之灵”则带他来到了他属下职员的圣诞聚会上，职员收入微薄，家里没有豪华的礼物和精美的饭食，但是一家人团聚在一起，和和美美，也是幸福万分。“未来圣诞之灵”则让他看到自己如果一意孤行，继续冷酷到底，最后那凄凉无比的晚景。斯克鲁奇的心一点点被感化，他开始重新思考人生的意义以及生命中最有价值的究竟是什么。

《圣诞颂歌》是狄更斯的经典代表作品之一。它出版于维多利亚时代。当时，圣诞节其实并不是一个为众多英国人所熟知的节日，但是这部作品的广为传播，大大改变了这一现象。有社会学家甚至认为狄更斯凭借这一部小说大大地提升了圣诞节在全英国人民心中的地位。而这部小说中所描写的庆祝圣诞节的一些细节，如家庭团圆、欢乐聚餐、互换礼物、圣诞祝福等，也被英国人民沿用了下来。甚至那句著名的圣诞祝福语“圣诞快乐”也经由这部小说而风靡全世界。也正是因为这个原因，读者亲切地把狄更斯唤作“圣诞之父”。

《圣诞颂歌》故事的核心就是颂扬人与人之间最质朴的情感和乐善好施的胸怀。狄更斯通过塑造斯克鲁奇这个人物向全社会宣传他内心深处人人互助、慷慨奉献的人道主义情怀。对西方一些信奉基督教的国家而言，本书可谓影响深远。至今每逢圣诞，大量的公益团体和慈善机构都会募捐去救助贫穷和无家可归的人们，把圣诞的温暖传递到每一个角落。而斯克鲁奇这个人物先后的转变也给了读者非常深刻的启示：一个人无论曾经多么冷酷、盲目，对自己所生存的世界怀有多么大的敌意，只要他有心去改变，就可以生出极大的力量，不仅可以端正自己的人生态度，还能进一步地影响和感化他人。从这个人物的塑造上可以看出，作为小说家的狄更斯对人物的刻画从来不是脸谱化的，随着小说情节的推进，我们分明可以感受到斯克鲁奇坚冰一样冷酷的内心出现了裂痕，最终他对世界的敌意完全瓦解。一种发自内心的善意从他的心底流淌而出，而那一份善又是那么强烈和真诚。人物前后巨大的转变在精彩的情节设置下，变得真实可信。而本书也表达出作者狄更斯对人心本善坚定不移的信念、对人类最普遍最质朴的亲情友情最大力度的讴歌。

（孟晓俊/文）

作家简介

查尔斯·狄更斯（Charles Dickens，1812—1870），英国著名作家，代表作品有《大卫·科波菲尔》《匹克威克外传》《雾都孤儿》《圣诞颂歌》等。狄更斯作品的魅力恒久不衰，他被认为是当时最受读者欢迎的英国小说家。他于1870年辞世，被埋葬在威斯敏斯特教堂的“诗人角”，这也是对他一生文学成就的肯定。当代评论家哈罗德·布鲁姆在《西方正典》一书中评论道，狄更斯在19世纪小说家中无人能比。

狄更斯出身于贫穷的家庭，一生从事过律师事务所学徒、录事和法庭记录员、报馆采访员等各种工作。丰富的生活经历使得他对于当时英国各个阶层人民的生活有着细致入微的观察和感同身受的体验，这一点在他的小说中屡有体现。他尤为擅长描写生活在英国社会底层的“小人物”的遭遇和他们的喜怒哀乐，他们的追求和梦想、挣扎和反抗。

狄更斯是英国批判现实主义文学的领航者，他勇于开拓，为世界文学做出了卓越的贡献。他通过高度的艺术概括、生动的细节描写以及对人物性格和对话妙趣横生的展现，为世界文学史留下了一个又一个经典的人物形象。这些人物形象具有巨大的艺术感染力，在一代又一代的读者心中形成了巨大的共鸣。狄更斯的小说既真实地反映和再现了英国19世纪初期的社会风貌，也体现出狄更斯本人对社会底层人民的高度关切以及悲悯之情。

（孟晓俊/文）

目 录

第1章

马利的鬼魂

马利死了。这点确凿无疑。他葬礼的登记表上，牧师、办事员、葬礼承办人和主要送葬人都签了字。就连斯克鲁奇也签了字。

老马利真的死了，这是板上钉钉的事实。

斯克鲁奇知道他死了么？当然，他是一清二楚。他哪能不知道呢？斯克鲁奇和他合伙做生意都不知道有多少年了。斯克鲁奇是他唯一的财产管理人。他唯一的朋友。他唯一的送葬人。但是，就连斯克鲁奇也不为马利的丧事感到悲伤。

提到马利的丧事，我就得跟你从头说起了。马利真的死了。你要是不相信这点的话，我下面要说的故事就不会精彩了。

斯克鲁奇一直没把马利的姓名涂掉。很多年过去了，它还是一直在那儿，悬在仓库的大门顶上：斯克鲁奇和马利商行。有时刚入行的人看见斯克鲁奇会喊他本名，有时会叫他马利。这倒无所谓。听到这两个名字，他都会作答。对他来说这并没有什么不同。

噢！但斯克鲁奇对于他的工作可是紧抓不松手的。他是个精于搜刮、巧取豪夺、贪得无厌的老坏蛋。深藏于他心底的冷酷把他的五官都冻住了。他的尖鼻子冻坏了，他的脸颊也起皱了。他步履僵硬。他双眼通红，嘴唇青紫。

他的头上、眉毛上和下颚上都挂着冰霜。他走到哪儿，就把冰冷的气场带到哪儿。在大暑天里，他把自己的办公室冰封起来，直到圣诞节那寒气儿也是丝毫不减。

没有什么温暖可以暖得了斯克鲁奇，也没有什么寒冷能冻得住他。没有什么飓风比他更加凶狠。斯克鲁奇比最糟糕的天气还要糟糕。

在街上，没有人会迎上前用欢乐的声音跟他打招呼："亲爱的斯克鲁奇，你好吗？你什么时候来我这儿做客？"也没有乞丐会向他请求施舍。没有孩子会问他时间。甚至盲人的狗都认得他。它们看见他走过来，都拖着主人往门口钻。但斯克鲁奇在乎这些吗？这种情形他还求之不得哩。

故事要从圣诞前夕讲起了，老斯克鲁奇正坐在他的账

房里。屋外寒冷刺骨，他能听见外面院子里人们在石板地上跺着脚取暖。

虽然才三点钟，天色已经黑了下来。这一整天都是天光昏暗、阴冷潮湿。烛火在窗里摇曳。浓雾弥漫，甚至连街对面的房子也望不大清楚。它们看起来鬼影森森的。

斯克鲁奇账房的门开着。他要盯着他的职员工作。斯克鲁奇面前生着很小的一堆火，但是职员的火堆还要小得多。那火是那么小，小到都快灭了。

那职员也没办法加一块煤进去，因为老斯克鲁奇把煤盒收在自己的房间里。职员除了披上自己的白围巾，点一支蜡烛取取暖之外又能有什么办法呢?

“圣诞快乐啊，舅舅，上帝保佑您！”一个欢乐的声音响起。说话的是斯克鲁奇的外甥。

“呸！”斯克鲁奇说道，“真是胡闹！”

“您不会真是这意思吧，舅舅。”他的外甥说道。

“我就是这意思！”斯克鲁奇说道，“还圣诞快乐？有什么好快乐的？你都够穷的了。”

“别这样啦。”外甥开心地说道，“您凭什么还这么闷闷不乐。您已经很富有了。”

斯克鲁奇只能想出一句回应的话来：“呸，瞎胡闹！”

“别生气啦，舅舅。”

“跟一帮傻蛋生活在一起，我还能怎么着？圣诞快乐！圣诞节不就是一个没钱付账的日子吗？不就是一个你发现自己老了一岁的日子吗？不就是一个把账都结清了的日子吗？我要有办法的话，我一定把那些喊着圣诞快乐的傻瓜蛋放在他们自个儿的布丁里煮一煮，再当胸给他们插上一根冬青树枝，都埋到地底下去。”

“舅舅啊！”外甥恳求道。

“外甥哎！”斯克鲁奇一嗓子喊回去了，“你过你的圣诞节，也让我以我自己的方式过节。圣诞节对你有什么好？”

“过节？”斯克鲁奇的外甥重复道，“可是您从不过节啊。”

“那么就让我继续不过节吧。”斯克鲁奇说道。

“圣诞节是个好日子。一个友好、宽恕、仁慈、快乐的日子。那是我所知道的一年里唯一一天，无论男女都会敞开心扉，帮助比自己卑微的人。虽然这个日子并不会让我的口袋里多上什么金银财宝，但我确信它对我是有益的，它也将继续有益于我。对此我要说声，上帝保佑！”

职员为此鼓掌。当他察觉到斯克鲁奇的不满时，就去拨弄那炉火，把最后一丝小火苗也弄熄灭了。

斯克鲁奇盯着他的职员。“我只要再听到你多说一句话，你就会永远丢了这份工作。”他转向他的外甥。“你倒是个厉害的演说家呢。你怎么不去议会工作啊。”

“舅舅，别再生气了。好了吧！明天来我家吃个饭。”外甥恳求道。

斯克鲁奇拒绝了。

“可这又为了什么呢，舅舅？”

“你为什么要结婚呢？”斯克鲁奇问道。

“因为我坠入爱河了啊。”外甥答道。

“你还坠入爱河了呢！”斯克鲁奇咕哝道，仿佛这是一件比圣诞快乐还要荒谬的事情，“再见吧！”

“舅舅，就是在我结婚前，您也从没来我家做过客。现在您又有什么理由不来呢？”外甥问道。

“再见吧。”斯克鲁奇说道。

“我并不需要您给我任何东西，”外甥说道，“我对您无所求。我们为什么不能做朋友呢？”

“还是再见吧！”斯克鲁奇说道。

“看见您这么固执，我心里真觉得难过。我们从未争吵过。我一年来拜访您一次，也是向您致以节日的问候。我要把我过圣诞节的快乐心情保持到底。所以，圣诞快乐，舅舅！”

“再见。”斯克鲁奇说道。

“还要祝您新年快乐！”外甥说道。

他的外甥一句气话没说，离开了房间。他略停了一下，向那职员致以节日的问候。虽然身上寒冷，职员的态度却比斯克鲁奇温暖多了，他也回致了节日的问候。

“又是这一类人。”斯克鲁奇听到了职员的回应，喃喃说道，“我的这个职员啊，一周才挣十五个先令，要供养一个老婆和一个家庭，还在谈什么圣诞快乐？哈！”

这位职员将斯克鲁奇的外甥送出去之后，又迎进来两位客人。这两位胖乎乎的绅士将帽子脱了下来。他们拿着一些书本和文件，向斯克鲁奇鞠躬致意。

“这儿就是斯克鲁奇和马利商行吧。”其中一人对照着他的单子说道，“敢问阁下您是斯克鲁奇先生还是马利先生呢？”

“马利先生已经死了七年了。”斯克鲁奇答道，“就是在七年前的今天去世的。”

“那么我们相信他的这位尚在的合伙人一定也有着他的那份善念。”那位绅士说道。他拿出了一份证明。

马利和斯克鲁奇倒一直是一对性格相投的搭档。一听见“善念”这个有预示的字眼，斯克鲁奇皱起眉头。他摇了摇头，将证明书递还了回去。

“今天可是一年中的佳节时分，斯克鲁奇先生。”那绅士边说边伸出一支笔来，“也正是我们帮助那些受难的穷苦人的时候。成千上万的穷苦人生活上还捉襟见肘呢，先生。”

“那不是还有监狱吗？”斯克鲁奇说道。

“倒是有很多监狱。”那人边说边放下了他的笔。

“不是还有贫民习艺所吗？”

“那些也都还在。”那人说道，“我真希望能说它们也不在了。”

“我们中一些人正在集资为穷人们买一些肉和酒以及一些御寒的东西。我们选择在这么一个充满节日祝福的时候募捐。您看我给您写上多少数目呢？”第二个人问道。

“我一分不给！”斯克鲁奇答道。

“您是想要匿名这么做么？”那人问道。

“我希望你们别来烦我。”斯克鲁奇说道，“我没法让自己圣诞快乐。我不能给别人提供快乐。我支持贫民习艺所和监狱。这些穷人开销可够大的。还是让他们到那些地方去吧。”

“很多人不能去，更多人不愿去。很多人宁愿死了都不想去那里。”

“如果他们宁愿死，就随他们去。”斯克鲁奇说道，“他们死掉倒也挺好，还能减少过剩的人口。”

眼见斯克鲁奇明显不是个慷慨的人，两人离开了。斯克鲁奇开心地看着他们远去。

与此同时，雾气越发浓重，夜色越发黑暗，即便是那暗中窥视斯克鲁奇的教堂老钟也变得目不可见。寒气越发凛冽。

在大街的转角处，工人们正修理着煤气管道，他们点起熊熊火焰，让衣衫褴褛的大人和孩子们聚在一起取暖。所有人都兴高采烈地竞相走过街道。有些人还为路过的陌生人唱起了歌。一个小孩子凑到斯克鲁奇门上的锁孔前唱起了一首圣诞颂歌。

“上帝保佑您，快乐的先生，
愿您无忧无虑，心想事成。”

斯克鲁奇才听到一个音符，就恶狠狠地抄起一把戒尺，吓得唱歌的孩子惊恐地跑走了。

最后终于到了账房关门的时候。斯克鲁奇老大不乐意地从凳子上下来，吹灭了他的蜡烛。他瞅了他的职员一眼，戴上了他的帽子。

“我估摸着你明天是想休息一天吧？”

“要是方便的话，先生。”克拉特基特先生答道。

“当然不方便，”斯克鲁奇答道，“而且也不公平。你一天不干活，我还得照常付你工钱！”

“这也就是一年一次啊，先生。”职员答道。

“每年十二月二十五日，就用这个破借口去扒掉人家一笔钱。”斯克鲁奇把纽扣一直扣到他的下颚。“但我看你

肯定是要歇上一天了，那么后天早上可要来得早一些。”

职员向斯克鲁奇保证他会做到的，斯克鲁奇抱怨了一声，走了出去。眨眼工夫，账房门就关上了。职员围着围巾，围巾两头在腰边摇晃着，他踏上了归程。他碰见一群小男孩，停了下来。为了庆祝圣诞前夜，他跟着孩子们滑了二十遍冰。随后他奔回家中，一路上向遇见的人们都致以了节日的问候。

斯克鲁奇在他常去的酒馆里用了晚餐。他把所有的报纸都读了一遍，并把他的银行账目都对了一遍之后就回家了。他就住在马利曾经居住的房子里。

这是一座大房子，里面满是阴森森的房间。这儿也就住着斯克鲁奇一个人。别的房间都租出去做办公室用了。院子里也黑乎乎的。太黑了。即便是斯克鲁奇这种连这里每一块石头都熟悉的人，也得摸索着走路。

事实上，那门上的门环除了大之外倒也没什么特别的地方。没错，它很大。但也就是如此了。事实上，斯克鲁奇每天来来回回都能瞧见它。此外还可以肯定的是，自打那日下午提到马利之后，斯克鲁奇就再也没有想过马利。

所以说要是谁能有这个本事的话，请跟我解释解释。为什么斯克鲁奇把他的钥匙插进锁孔里，看见的不是门环，而是马利的脸呢？

杰可布·马利的脸！它不像院子里面的其他东西那样是阴影。它被一片淡淡的亮光笼罩着。它看上去既不怒气冲冲也不狰狞可怕，看起来还跟以前马利的样子一样。一副鬼气森森的眼镜架在幽灵般的额角上。

门环上的鬼脸头发乱糟糟的。虽然双目圆睁着，但看上去了无生气。这种神情，再加上那青灰色的肤色，看上去惊悚可怖。斯克鲁奇强迫着自己努力又去看了一眼，它却又变回了一个门环。

要是说斯克鲁奇不感到惊骇，或是没有感到血液凝固，那也未免不真实了。但是他还是将手放在了钥匙上，转开了门，走进了房间，点燃了蜡烛。

斯克鲁奇停了一下，然后关上了门。他谨慎地望了望门后，心里甚至半是期待着会被马利伸进大厅的辫子吓一跳。可是那里却什么都没有，他只看见了钉着门环的螺钉。

“呸，呸。”斯克鲁奇边说边嘭的一声把门关上了。关门声在整座房子里回响着。斯克鲁奇并不是一个会被回音吓到的人。他锁上门，走上楼梯，边走边修剪着烛芯。

没过多久，斯克鲁奇的眼睛又开始跟他搞恶作剧了。他觉得自己看见了一辆马车在楼梯间奔驰!

斯克鲁奇冲进自己的房间，四处张望，确保一切安然无恙。客厅、卧室、浴室——都是老样子。桌子下面没有人。沙发下面没有人。炉子内小火在烧着，上面还放着食物。床下面没有人。没有人穿着他的睡衣，睡衣还挂在架子上。

斯克鲁奇心满意足地关上门，上了两道锁，把自个儿关在屋里，确保自己不会受到什么突然袭击。他解下自己的领结，换上睡衣、拖鞋和睡帽，在壁炉前坐了下来，吃着他的燕麦粥。

壁炉里的火越烧越弱，斯克鲁奇不得不靠近壁炉坐着。这壁炉有些年头了，是很久以前一个荷兰商人造的。周围砌满了精致的瓷砖，描绘着《圣经》里的场景。突然，马利的脸浮现在一块瓷砖上。

“胡闹！”斯克鲁奇边说边走到房间的另一头。

兜了几圈之后，他又坐了下来。当他把头靠在椅背上时，目光落在了一只铃铛上。这只铃铛他很久没用过了。它的用途早已被遗忘。正当他注视这铃铛时，它却摇晃起来。一开始还只是轻微地摇晃。轻到简直一点声音都没有。但是不久就铃声大响，屋里每一只铃铛都跟着响了起来。

这铃声持续了有半分钟，但感觉像过了一个小时。铃声骤然停止，就像之前突然响起一样。这之后从地底深处响起了一阵当啷啷的声音，听着就像酒窖里有人将沉重的链条从一只只酒桶上拖过一样。斯克鲁奇这才想起他听人说过，在闹鬼的房子里鬼魂都是拖着链条的。

地窖的门轰然大开。紧接着他听见地板下的声响越发响亮。这响声爬上楼梯，直逼向他的房门。

“这可真是胡闹啊！”斯克鲁奇说道，“我不相信！”

鬼魂不作停留，它穿过厚重的大门，在他面前停了下来，斯克鲁奇不禁面色大变。鬼魂一进来，蜡烛的火焰就蹿了起来，好似在尖叫：“我认识他啊！这就是马利的鬼魂！”

正是这张脸，一模一样，这就是马利！杰可布·马利！拖着他的辫子，穿着他的马甲、紧身衣裤和靴子！拖着的链条缠在他的腰际。链条很长，像尾巴似的缠着他。斯克鲁奇观察了一下，它是由钱盒、钥匙、挂锁、账本和钢制的沉甸甸的钱包组成的。他周身透明。斯克鲁奇可以瞧见他上装背后的床帷上的纽扣。

“怎么啦？”斯克鲁奇一如既往地冷若冰霜，“你来找我有什么事吗？”

“事可多了！”马利的声音说。

“你究竟是谁？”斯克鲁奇逼问道。

“你该问我生前是谁。”马利答道。

“那么你生前是谁？”斯克鲁奇提高音量问道。

“我活着的时候是你的合伙人，杰可布·马利。”

“你能坐下来吗？”斯克鲁奇不确定地问道。斯克鲁奇也不大肯定一个透明的鬼魂还能不能坐下来。但是鬼魂还是坐下来了，就好像他很习惯这么做似的。

“你不相信我。”鬼魂说道。

“确实不信。”斯克鲁奇说道。

“那什么证据能让你信呢？”鬼魂问道，“你为何要怀疑自己的直觉呢？”

“因为我的直觉经常会被一些小事玩弄和影响。”斯克鲁奇答道，“你有可能是一小块难以消化的牛肉。一种疾病。胡闹，这一切可能都是胡闹。”

听到这里，那鬼魂发出一声可怖的叫喊。他大力摇晃他的锁链，吓得斯克鲁奇紧紧抓住椅子以免摔倒。但是更加让他惊惧万分的是，那鬼魂把缠在头上的绷带解了下来，任由他的下颌垂到了胸前！

斯克鲁奇跪倒在地。他以手掩面。“饶命啊！可怕的鬼魂！你为何要来折磨我呢？请告诉我原因！”

“尘世的人啊！”鬼魂答道，“你相不相信我？”

“我信，”斯克鲁奇说道，“我肯定信。可是幽灵为何要在人世飘荡，又为何要来找上我呢？”

“每个人都会这么做的。”鬼魂说道，“每个灵魂都要游走在它所熟识的人中间，并且四处游历。倘若在世之时未能这么做，那么死后就必须这么做。它注定要去这世界各处游荡。哦！命苦啊！它必须要亲历那些本可在世时与人分享并得到幸福的事物，而今它却无法再分享了。”

鬼魂又发出一声呐喊。他摇晃着锁链，搓着他的鬼手。

“你被锁链缠着，”斯克鲁奇颤声说道，“跟我说说这是为什么。”

“我身上的锁链都是我在世时自己锻造出来的。”马利答道，“我是一环接一环、一码接一码把它打造出来的。我心甘情愿地把它绕在身上。我是自愿戴着它的。看上去很奇怪吗？”

斯克鲁奇抖得更加厉害了。他的呼吸急促起来。

“你知道吗？”鬼魂说道，“你自己身上缠绕的那条锁链有多重多长？七年以前，它就有我这条这么长这么重了。打那以后，你还在不停地锻造它。它现在已经重得出奇啦！”

斯克鲁奇瞄了一眼自己周围的地板。他以为会看见自己被三百英尺的铁锁围绕。他什么也没瞧见。

“杰可布！”他喊道，“老杰可布·马利！再多告诉我一些吧。和我多说说，安慰安慰我，杰可布，我求你了！”

“我并没有什么宽慰的话要对你说，”马利说道，“这些话来自别的地方，艾本尼泽·斯克鲁奇。我不能休息，不能驻足也不能逗留。记住我说的话。在世时，我的心灵从未越出我们这金钱往来的小洞窟。现如今，这疲劳的旅程就在我面前展开了。”

“死了七年了，你难道一直在旅行吗？”斯克鲁奇问道。

“一直都是啊，”鬼魂答道，“没有休息，没有安宁。只有在无休止的悔恨中受尽折磨。”

“那这七年里，你一定走了不少地方。”斯克鲁奇说道。

那鬼魂听了这话，又发出一声嚎叫，他再次挥动锁链。“看看我吧！我被这锁链囚禁。要知道光有悔恨是什么都无法弥补的。”

“但你向来是业务上的一把好手啊，杰可布。”斯克鲁奇说道。他没法不去想这事将会怎么发生在自己的身上。

“业务！”鬼魂哀嚎道，又搓起他的手来，“人类才是我的业务。慈善和怜悯才是我的所有业务。”

他举起他的锁链，仿佛那是他悲伤的来源。他再次将那锁链重重地摔在地板上。“每年的这个时刻，我受到的伤害最深。我为何总是低着头穿过人群？我从未抬眼看看那指引智者去往贫困之家的天佑之星。难道是已没有贫困的家庭可以让这星光为我引一下路了吗？”

斯克鲁奇浑身颤抖，他感到了前所未有的惊惧。

“听我一言吧！”鬼魂呐喊道，“我的时间已经不多了。为何我一显形，你就能看见我？我是没有什么头绪。其实我已经这么隐身坐在你身边很多时日了。”

斯克鲁奇拭去前额的冷汗。

“我的赎罪之路可没什么轻松的环节。”马利说道，“今晚我来到这里是要告诫你，你尚且有机会。你还有希望逃离和我一样的命运。你还有机会，艾本尼泽。”

“你向来都是我的好友。”斯克鲁奇说道，“谢谢你！”

“有三个幽灵，”鬼魂说道，“将要来纠缠你。”

“这就是你刚才提及的希望和机会？”斯克鲁奇说道。

“正是。”马利答道。

“那还是算了吧。”斯克鲁奇说道。

“要是它们不来，你就无法逃离我现在所走的路。明天一点钟的钟声敲响，你就等着第一位的到来吧。”

“我就不能让他们一起来？”斯克鲁奇问道，“干脆来个痛快的了结呢？”

“在第二夜的同一时间，你会等来第二位。第三位则会在午夜前来。而你将不会再看见我了。为了你自己好，记住我们这次的谈话。”

马利把他的绷带从桌上拿了起来，包在头上。他从斯克鲁奇身边走过。每退后一步，窗户就升起一点。当鬼魂退到窗边，窗口早已大开。他示意斯克鲁奇走上前去。

当他们还相隔两步之远时，马利的鬼魂伸出了他的手。他警告斯克鲁奇不要再走近了。

斯克鲁奇惊恐地停了下来，因为他听见了地底下的嘈杂声。满是哭泣声和悲叹声。

那鬼魂倾听了一会儿后，也加入了这声响。接着他便飘荡在这凄冷的黑夜之中了。

斯克鲁奇走到窗边。他既绝望又好奇地朝外张望。天空中鬼影森森，四处飘荡着哀嚎。每个鬼魂都背负着像马利一样的锁链。有些鬼魂还被绑在了一起。

有很多鬼魂在世的时候，斯克鲁奇是认得的。他对一个年老的鬼魂很熟悉，那鬼魂穿着白色的外套，脚踝上还拴着一个大大的保险箱。他正为不能帮助一个抱着婴儿的妇女而哭泣。

他们的苦难那么显而易见。他们都在寻找能够帮助他人的机会，只可惜已经永远无能为力了。

究竟最后这些鬼魂是消失在了雾里，还是雾把他们吞没了，斯克鲁奇已是无从分辨。但是他们的声和形是一起消失的。于是那夜又变得和斯克鲁奇刚走回家时一样黑暗了。

斯克鲁奇关上窗户。之后他检查了一下鬼魂闯入的那扇门。它上了两道锁。门闩没人动过。他想说声“胡闹”，可刚发出一个音节就停住了。他衣服也不脱就上了床，立马睡了过去。

第2章

三幽灵之一

斯克鲁奇醒来时，天色还是黑的，他无法确定是什么时辰。他听了一会儿教堂的钟声。他很惊讶地发现那钟从五下敲到了六下，从六下敲到了七下，从七下敲到了八下。一直敲到了十二下才停。十二点了！

两点之后，他才上的床。钟一定是错了。一定是根冰柱搅进齿轮里了。肯定是出错了！十二点了？

“天哪，这是不可能的。”斯克鲁奇说道，“难道我睡了整整一天，然后又睡到了夜里？难道是太阳出了什么毛病，还是说这是中午十二点呢？”

想到这儿，他猛地一醒。他挣扎着爬下床跑到窗边。他用袖子擦掉了冰霜。即便如此，他能看清楚的还是不多。外面是又寒冷又黑暗。没有听到人们跑来跑去的声音。这一定是晚上。晚上!

斯克鲁奇又回到床上。尽管他左思右想，还是想不出个所以然来。想得越多，他越发感到是一团乱麻。他越是试图不再去想，越是忍不住又去想。

马利的鬼魂令他烦恼大增。每一次他要说服自己那只是一场梦，他的心就在质疑他。

斯克鲁奇怀着这种心情躺在床上想着，直到钟声报了三刻。他猛然记起那鬼魂曾告诫他，当钟声敲响一点时，会有客人来拜访他。他决定要一直醒着，等待那个时辰过去。

接下来的十五分钟是那么漫长。漫长到他自个儿都以为一定是打了个盹儿睡过去了，错过了钟声。终于，他听到了钟响。

“叮咚！”

“一刻钟过去了。”斯克鲁奇边说边数着。

“叮咚！”

“半个小时过去了。”斯克鲁奇说道。

“叮咚！”

“还差一刻钟。”斯克鲁奇说道。

“叮咚！”

“到点了。”斯克鲁奇得意地说道，“啥事也没发生！”

他言之过早了。报点的钟声一响起，房间立刻亮起一道闪光。窗帘也掀开了。

我告诉你，这些窗帘是被一只手拉开的！一只手！斯克鲁奇发现自己正面对着一个神秘访客。他和它靠得那么近，就像我们现在靠得这么近一样。

这是一个古怪的形象。既像孩童又像老人。它的身形看着像一个孩子。它的头发披在背后，发色雪白，看着又像个老人。但是脸上又一丝皱纹都没有。胳膊很长且肌肉发达。双手也是一样。双腿也是十分强壮。它身着白袍，系着腰带。它手持一根新鲜的冬青树枝。与这冬日的植物相对照的是，它的袍子上点缀着的却是夏日的花朵。

但最奇怪的事还是它头顶着一道闪亮的光环，腋下夹着一顶帽子。

接着斯克鲁奇看到了它身体别的部分。它们在被看清之前就消失了。一条腿消失了，原处会长出二十多条腿。忽而又出现两条腿，但头不见了。忽而又只有头却没有身体。一切都是那么诡异。太奇怪了！

“先生，你就是那位有人事先告诉我要光临的幽灵吗？”斯克鲁奇问道。

“正是我！”那幽灵轻柔又温和地答道。

“你是谁？你又是做什么的呢？”斯克鲁奇追问道。

“我是昔日圣诞之灵。”

“很久之前的昔日吗？”斯克鲁奇问道。他看出那幽灵个子不高。

“不，是你的过往。”

斯克鲁奇请求它将帽子戴在它闪闪发光的头上。

“怎么？”那幽灵叫喊道，“你为什么要把我赐予你的光芒熄灭？有些人一直逼着我把这帽子压得低低的戴在额角，你也是其中之一，这难道还不够吗？”

斯克鲁奇声明他绝不敢让任何人把自己的额角给遮住。接着他大着胆子询问它到这儿有什么贵干。

“我是为了你的福祉而来！”幽灵说道。它伸出强壮的手，轻轻勾住斯克鲁奇的胳膊。“起身和我一起走走吧！”

斯克鲁奇本可抗拒一下的。他本来可以说他的床铺还是暖和着的。或者说他脚上只穿着拖鞋呢。身上也只穿着睡袍，头上戴着睡帽。他本来可以说天气太冷了。但他发现那幽灵拽着他的手，让他无法抗拒。幽灵径直向窗口走去。

“我只是个凡人，”斯克鲁奇说道，“我会掉下去的。”

幽灵将手放到斯克鲁奇的心口，说道：“我会托住你的。”

正说话间，斯克鲁奇和幽灵穿越了墙壁。他们站在开阔的乡间路上。城市已然消失了。黑暗和浓雾也随之消失了。现在是一个清朗寒冷的冬日。地上铺满了积雪。

“老天啊！”斯克鲁奇双手勾在一起，说道，“我就是出生在这里。我打小就是在这儿生活的！”斯克鲁奇熟悉着空气中的千百种气味。每一种气味都让他联想起那些早已淡忘的思绪、希望、欢乐和关怀。

“你的嘴唇在发抖，”幽灵说道，“还有你的脸颊上，那是什么？”

斯克鲁奇不同寻常地哽咽道：“一个粉刺。”接着他恳求幽灵带他往前走。

“你还记得路吧？”幽灵问道。

“还记得路？”斯克鲁奇叫道，“就算把我眼睛蒙住，我也能认得路。”

“奇怪的是你竟然把它忘记了这么多年。”幽灵说道，“我们继续往前走吧。”

他们沿路前行。斯克鲁奇认得每一扇门、每一根柱子和每一棵树。最终，远处出现了一个小市镇。他能看见那儿的桥、蜿蜒的河流和朝他们跑来的小马。男孩们骑在马背上。

男孩们放声笑着，互相大喊大叫。空气中洋溢着他们欢乐的歌声。

“这些都是昔日事物的影子。”幽灵说道，“他们并不知道我们的存在。”

男孩们骑着马越过他们。他们擦身而过时，斯克鲁奇能认得出他们中的每一个人！为什么他看到他们欣喜得溢于言表？为什么他们走过时，他冷酷的眼睛闪闪发亮，他

的心欢呼雀跃？为什么听着他们互道“圣诞快乐”，他自己也是满心的欢喜？圣诞快乐对斯克鲁奇来说算什么？它对他何曾有过什么好处呢？

“学校里还有人。”幽灵说道，“一个被朋友忽视的孩子，给丢在里面了。”

斯克鲁奇说他知道。他啜泣起来。

过了一会儿，他们来到一座暗红色砖墙砌成的大楼跟前。楼顶上有座钟楼，钟楼里面挂着一口钟。这是一座既大又潮湿的房子。窗子破破烂烂的。大门也腐烂了。鸡在马厩里咯咯地叫。棚屋和马车房里长满了草。一走进去，屋子里几乎是空的。这里一派阴森森的气象。

斯克鲁奇和幽灵穿过门厅走到房子的后部。门在他们面前打开了，一列桌子出现在眼前。在一张桌前，一个孤单的男孩就着微弱的炉火读着书。斯克鲁奇坐在男孩的身边，啜泣着看着那个曾经被遗忘的可怜的自己。

房子里一声回响也没有，屋外也静悄悄的，一股哀伤的沉静降临在斯克鲁奇身上。他的泪水肆意流淌。

幽灵拍拍他的胳膊。它指了一指那个沉浸在阅读中的幼年斯克鲁奇。

忽然窗外出现了一个穿着外国服饰的人。“哟，这是阿里巴巴啊！”斯克鲁奇狂喜地叫道，“是的！我就知道，当这个孩子被孤零零地丢下来时，他书里的很多朋友就出现了。”

小斯克鲁奇兴高采烈地说着鲁滨逊·克鲁索和他的鹦鹉。“国王们啊，公主们啊！瞧啊，那不正是星期五在拼命地往小溪跑去么！”

斯克鲁奇充满悲悯地看着曾经的自己。“可怜的孩子哟！”他又一次哭了。

“我希望……”斯克鲁奇喃喃道。他没有说完他的想法。他将手放入口袋，四下张望。他把眼泪擦干。“现在一切都太迟了。”

“是什么在困扰你？”幽灵问道。

“没什么，”斯克鲁奇说道，“没什么。昨晚有一个男孩在我家门前唱着圣诞颂歌。我要是当时给他点儿什么就好了。就是这些。”

幽灵若有所思地笑了。他挥了一下手。“那让我们再来看一个圣诞节吧！”

正说着话呢，曾经的斯克鲁奇形象马上变得高大起来。房间变得更暗也更脏了。镶板都蜷起来了。窗户裂开缝了。天花板上的泥块儿也掉下来了。怎么会变成这样呢？斯克鲁奇知道的也不比你多一点。他只知道这都是真实发生在他眼前的。

这一切都曾发生过，而且看起来很早之前就发生过了。他又是一个人孤零零地在那儿，而别的孩子们都已经回家欢度假日了。

他这会儿没在看书。相反，他踩着地板来回踱步。斯克鲁奇看着幽灵，忧伤地摇了摇头。他焦急地望向门口。

门开了。一个小女孩，年纪比男孩要小得多，飞奔了进来。她用手臂搂着他的脖子，称呼他“亲爱的，亲爱的哥哥”。

“我来接你回家，亲爱的哥哥！”那孩子说道。她拍着她的小手。“来接你回家！”

“回家吗？小范妮？”男孩问道。

“对啊！”那孩子说道，“回家，永远也不再来了。爸爸现在和善多了。家就像天堂似的！他有一晚对我说话可温柔了。因此我就壮起胆子问他你能否回家来。他说可以！是他让我坐着马车来接你回家的。我们将享受世界上最愉快的时光。”

“你可真有两下子，小范妮！”男孩说道。

她拍着手，开心地笑了。接着她把他拉到门边。一阵恐怖的叫声在门厅响起。“把斯克鲁奇少爷的箱子搬下来。”那是他的校长！他盯着斯克鲁奇，但是范妮匆忙向他道了声别。他们终于跑出去啦！

“她一直是个娇弱的孩子，”幽灵说道，“但是她心胸宽广。”

“是的。”斯克鲁奇大声说道，“你说得对。心胸非常宽广。”

“她死时已是个妇人了。但我相信她是有子女的。”

“一个独子。”斯克鲁奇说道。

“没错。”幽灵说道，“你的外甥。”

斯克鲁奇看起来坐立不安。他轻声答道：“是的。”

虽然才刚刚离开学校一会儿，他们已经身在熙熙攘攘的大街上了。只需看看商店的橱窗就不难察觉又到圣诞的时节了。夜幕降临，所有的商店都亮起了灯。

那幽灵停在某一家仓库门前。“你知道我们现在是在哪里吗？”

“当然知道！”斯克鲁奇说道，“我曾是这里的学徒！”

他们走了进去。斯克鲁奇一看见一位戴着假发的绅士，就激动得哭出声来。

“天哪，这是老费茨威格！上帝保佑他啊！是费茨威格又活过来啦。”

老费茨威格放下笔。他看了下钟。他搓了搓手大声喊道：“哟，哟，说你们呢！艾本尼泽！迪克！”

斯克鲁奇往昔的形象，现在已经长成一个年轻人了。另一个学徒跟着他走了进来。

“迪克·威尔金斯！”斯克鲁奇对幽灵说道，“上帝保佑！对的！就是他！他天天黏着我。可怜的迪克。天哪，可怜的迪克哟！”

“我的孩子们，”费茨威格说道，“今晚不用再干活了。今晚是圣诞前夜！让我们把窗板上起来。”

你都不敢相信窗板上起来的速度有多快！一弄完，费茨威格就喊道：“孩子们，让我们把地方给腾出来！”

一分钟之内，所有可以移动的东西都被搬开了，地板打扫过了。燃料堆在炉火上了。仓库变得舒适又温暖。一转眼的工夫，仓库就变成了一个舞会大厅！

一位小提琴手带着乐谱到来了。接着费茨威格夫人走了进来。她笑容可掬，门一开，雇工们、女仆们、表亲们、面包师们全部加入了舞会。

多么有节日氛围的夜晚啊！大家跳着舞！人们分享着

精致的肉馅饼和冷烤肉。

当钟声敲响十一点时，舞会散场了。费茨威格先生和夫人分别站在门的两侧。每个人离开时，他们都会握手，祝愿每位客人圣诞快乐。

等所有人都走光了，只剩下两个学徒的时候，他们也向学徒们致以节日的问候。当欢乐的声音消散，小伙子们睡在了店铺柜台下面的床铺上。

在这整个过程中，斯克鲁奇就像一个丧失理智的人一样。他的内心和灵魂随着场景中那个曾经的自己一起欢呼雀跃。他记起了每一件事。他享受着每一件事。一直到无法再看见曾经的自己和迪克时，他才记起了那幽灵。当他注视着它时，它头上的光芒照耀得非常清楚。

“都是些微不足道的小事，”幽灵说道，“却能让这些傻瓜们心怀感激。”

“小事情！”斯克鲁奇说道。

幽灵向他做了一个手势，让他去听那两个学徒说的话。他们正在掏心窝地夸赞着费茨威格。

幽灵向斯克鲁奇发问道：“费茨威格只不过花了你们人世间一点点钱，顶多三四镑的样子，他怎么竟能收获如此多的夸赞？”

“话可不是这么说。”斯克鲁奇说道，对幽灵的这番评价有点生气。他的语气听着像那个曾经的自己，而不是后来的自己。“话不是这么说的，幽灵。他就是有这个力量让我们开心或是不开心。他能让我们心情愉悦或是沉重。可以说他的力量藏于话语和形色之中。他所给予的欢乐是那么大，就像花了一大笔财富才能换来的一样。”

他觉着幽灵的眼神在注视着他，就住口不说了。

“怎么了？”幽灵问道。

“也没什么特别的事情。”斯克鲁奇说道。

“总有点什么事吧，我觉得。”

“没，”斯克鲁奇说道，“真没什么。我只是希望此刻能跟我的职员说上一两句话。就这点事。”

曾经的他将灯光调小了。斯克鲁奇和幽灵又肩并肩地站在户外了。

“我没多少时间耽搁了。”幽灵说道。

这话立刻产生了效果。斯克鲁奇又一次看见了他自己。这时他的年纪又大了一些。是个年富力强的男子。他的面庞还不像现如今一样布满了皱纹。他并不孤单。在他身边，一个年轻女子正在哭泣。

“这没什么要紧的。”她柔声说道，“对你来说，无关紧要。你太惧怕这个世界了。你太渴望金钱了。它对你太重要了。”

“我对你可没有变心啊。”男子说道。

她摇了摇头。“真是如此吗？我们的婚约很早就定下来了，那时我们安于我们所拥有的一切。当初订婚时，你可完全不像现在的你。”

“我那会儿还只是个孩子。”他不耐烦地说道。

“我没法和你在一起了。我没法嫁给你了。你改变太多了。太过沉迷于追名逐利。”她转身而去。“愿你在自己选择的人生里快乐。”

斯克鲁奇完全回想起了那一天他所经历的伤痛。“幽灵！把我从这里带走吧。不要再显示给我看了。你这么折磨我很快乐吗？”

“再看一个过往的形象。”幽灵说道。

“不想再看了！”斯克鲁奇喊道，“别给我看了。一个都不想看了。”

但是幽灵依然坚持。转眼间他们就置身于另一个场所——一个房间内。房间不大也不华丽，但是充满了舒适的感觉。炉火边坐着一位美丽的年轻女子。斯克鲁奇知道她就是自己当初想要娶的女子。接着他看见坐在那女子对面的妇人。此时，她已是一位端庄的妇人了。

这里声音嘈杂，因为屋里面有三个孩子。没有一个人看起来在乎这些噪声。相反，母亲和女儿看起来很享受这些声音。

这时响起一声敲门声。他们的父亲站在他们面前。他的手中满是礼物。每一件礼物打开时，都响起了孩子们惊奇赞叹和开心呼喊的声音。等安静一些时，父亲坐在了母亲和女儿身边。

“贝尔，”丈夫面带微笑说道，“今天我看见了你的一个老朋友呢。”

他俩同时笑了出来，异口同声地说道：“斯克鲁奇！”

“正是斯克鲁奇先生。”丈夫说道，“我路过他的办公室窗口。他点了一支蜡烛。我实在忍不住看了他一眼。他的合伙人在一旁奄奄一息。而他呢，一个人孤零零地坐在那儿。孤零零地一个人在世上，我相信正是那样。”

“幽灵啊，”斯克鲁奇声音嘶哑地说道，“把我从这个场景带走吧！”

“我告诉过你这些都是往日的影像。”幽灵说道，“它们就是以本来面目呈现出来的。这点你别怪我。”

“把我带走吧。”斯克鲁奇又一次说道，“我无法忍受了。一秒钟也忍不下去了。”

他转身面对着幽灵。“把我带走吧！把我带回去吧！不要再纠缠我了！”斯克鲁奇察觉到幽灵发出的光芒越发闪亮。他觉得，在某种程度上，这光对他是有影响的。他抓住帽子，将它紧紧压在幽灵的头上。

那幽灵往下一沉，于是帽子将它整个儿都罩住了。无论斯克鲁奇如何用力压住它，都无法将帽子底下透出来的光遮住。

斯克鲁奇感到筋疲力尽。他发现回到了自己的卧室。他将那帽子最后又捏了一把。最终，他松手了。他瘫倒在床上，陷入了沉沉的睡眠。

第3章

三幽灵之二

斯克鲁奇从鼾声大作中醒了过来。无须有人告知他，他也知道一点的钟声要敲响了。他就在这要紧的关头醒了过来。这一回，他希望幽灵一现身，自己就能面对它。他不想再被吓得大吃一惊或是紧张兮兮的。

斯克鲁奇做好了有异象在他面前现身的准备。不管是婴孩还是犀牛都不会再吓到他了。

如今，他心里已经做好了面对一切的准备。所以当一点的钟声敲响，而什么也没出现的时候，他全身颤抖起来。

五分钟。十分钟。一刻钟过去了。然而什么也没出现。在这段时间里，斯克鲁奇躺在床上。他的床处于一道光的中央。这道光在钟敲响一点时就照在床上。虽然这只是一道光芒而已，可是斯克鲁奇警觉得跟来了一打幽灵似的，因为他说不出这光是从哪里发出来的。

过了一会儿，他开始琢磨起这光源在什么地方。会是从隔壁的那个房间冒出来的吗？他轻轻起身，穿上他的拖鞋慢吞吞地挪到门口。

斯克鲁奇的手刚碰到门锁，一个奇怪的声音就呼喊起他的姓名来。那声音让他进去。他唯命是从。

那是他自己的房间。这点是毫无疑问的。但是这个房间已经发生了惊人的变化。四周的墙壁和天花板上都挂满了绿色的植物，有冬青、槲寄生和常春藤。火鸡肉、鹅肉、鸡肉、猪肉、肉馅饼和各式各样的香肠堆积在地板上，有点像宝座。多汁的橘子、甘美的梨子，还有一碗碗的潘趣酒，高高地堆起。而在这宝座之上，坐着一个欢乐的巨人。它手持一根通红的火把，并将它高高举起，火光照耀着斯克鲁奇。

"进来吧，"幽灵说道，"进来吧，让我们好好认识一下。"

斯克鲁奇畏畏缩缩地走了进去，在幽灵面前低首站着。他已经不再是从前那个冥顽不灵的斯克鲁奇了。虽然幽灵的双眼清澈又和善，但是斯克鲁奇不想直视它们。

"我是今日圣诞之灵。"幽灵说道，"看着我！"

斯克鲁奇又一次照办了。幽灵身着一件朴素的深绿色长袍，白色的毛皮镶边。它的头上仅戴着一顶冬青编制的花环，上面点缀着闪闪发亮的冰柱。它深棕色的鬈发很

长，就这么飘散着。它双眼发光，手掌张开，声音愉快。一股欢乐的氛围围绕着它。

“你可曾见过像我这样的？”幽灵问道。

“从没见过。”斯克鲁奇说道，“把我带到你想带我去的地方吧。昨晚我出去过了，也得到了教训。这教训现在起作用了呢。今晚，如果你有什么要教导我，我愿从中受益。”

“摸一下我的袍子吧！”幽灵命令道。

斯克鲁奇按照吩咐做了。

所有堆积成宝座的食物消失了。房间、火焰以及火光一并消失得无影无踪。斯克鲁奇和幽灵此刻已经站在圣诞清晨的城市街道上了。

人们把人行道上的积雪铲掉，空气中弥漫着乐声。天色阴沉沉的。烟囱像黑夜一样黑幽幽的。好像全英国的烟囱都尽情地熊熊燃烧着。

这城市看着倒也没有什么特别喜气洋洋的地方。但是空气中洋溢着快乐的气氛。因为那些铲雪的人都满心欢喜。他们大声地呼朋唤友，扔着雪球。店铺门都半开着。如果有人偷偷往里面瞄上一眼，看见小山一样的梨和葡萄，准能馋得口水都滴下来。

咖啡香和茶香闻起来愉快极了。肉桂枝又长又直。店里一派忙乱兴奋的景象，以至于买东西的人找不着他们的篮子，互相挤来挤去。店主们本着真诚之心维持着秩序。

没过一会儿，教堂尖塔上的钟声召唤善良的人们去往教堂和小礼拜堂。人们都穿着自己最好的衣服拥到了大街上。

与此同时，很多人从不知名的街角和黑暗的角落里冒了出来。他们带着菜肴去了面包房。幽灵看着这些穷苦人，似乎饶有兴味。它和斯克鲁奇站在了一家面包房的门口。

穷人们路过时，幽灵把他们盘子上的盖子掀开，用他的火把将香撒入他们的膳食之中。

斯克鲁奇注意到那是一根很奇特的火把。当几个带膳食的人发生口角时，幽灵从火把中洒下几滴水到他们的身上。他们的幽默感和友善的笑脸立马就回来了。接着他们都承认在圣诞节吵嘴真不光彩。的确是这样哦！上帝保佑！这的确是不应该！

后来钟声停了，面包房也关门了。穷人们微笑着将自己带的膳食放在面包师的烤炉里烤着。石板路上都是烟，就好像路面的石头也被烧烤着一样。

“从你的火把中是不是能撒出一种特殊的味道？”斯克鲁奇问道。

“是的，”幽灵说道，“我自己的味道。”

“是不是会撒在今天的每一种饭食上呢？”斯克鲁奇

问道。

“每种都会，不过尤其是那些穷苦人的饭食。”

“为什么尤其是穷苦人呢？”斯克鲁奇问道。

“因为他们最需要。”

他们像之前一样继续隐身前行，来到了城市的郊区。

也许是因为幽灵的慷慨、善良以及对穷人的同情心，才使得他们一路走到了斯克鲁奇的职员家。幽灵带着斯克鲁奇正好到了鲍勃·克拉特基特的家门口。它祝福了这一家，并从火把中将神水洒向了房子。

想想看吧！今日圣诞之灵会祝福这所有着四个房间的房子！

屋子里面，克拉特基特夫人正在准备圣诞晚餐。斯克鲁奇注意到她的裙子很旧了。虽然破旧，却用新的缎带装饰起来。这条裙子是她的二女儿贝琳达·克拉特基特帮忙一起做的。贝琳达的裙子上也装饰着编织好的丝带，让裙子再一次焕发光彩。

彼得·克拉特基特少爷在把叉子插进炖着土豆的锅子里。他穿着他父亲的衬衫。对小彼得来说，那衬衫太大了。但衣服的大小不是个问题。他为自己能在这个特殊的日子穿得这么华丽而感到荣幸。

两个小点儿的克拉特基特，一个男孩，一个女孩，从外面的寒冷中跑了进来。他们说一靠近就闻到了烤鹅的味道。想着这是自家的烤炉里正烤着鹅呢，他们就以更快的速度跑回了家。

小克拉特基特们围着桌子跳着舞，彼得则看顾着土豆。彼得吹着火，直到土豆沸腾起来，大声地撞着锅盖。它们乞求着被放出来剥皮呢。

“你们那宝贝老爹被什么事儿给耽搁了？”克拉特基特夫人说道，“还有你哥哥，小蒂姆呢？还有玛莎，过个圣诞节她还要迟上半个钟头！”

“玛莎到了，妈妈。”玛莎出现在门口时说道。她脸泛红光。

“玛莎来啦，妈妈。”两个小克拉特基特喊道，“好哇！有这么美味的一只鹅留着给我们吃呢，玛莎！”

克拉特基特夫人向玛莎走过去。她一边一遍遍地亲吻玛莎的脸颊，一边脱下她的围巾和帽子。“哎，上帝保佑你，我亲爱的。你总算是到家了！太好啦！”

“昨天夜里我们有好多活要干完呢。”女孩说道，“我们还得把留到今天的也清理干净。”她吻了吻母亲的脸颊。“回到家太好了。终于到家了啊！”

“嗯，”克拉特基特夫人说道，“别再操心工作的事儿啦。只要你现在回到了家，在我们身边，就行了。来，坐到炉火边暖暖身子吧。愿上帝保佑你。”

“瞧啊，瞧啊！”两个小克拉特基特喊道，“爸爸回来啦！躲起来，玛莎！躲起来啊！好好制造一个惊喜啊！”他们一想到这个惊喜，激动得跳上跳下。

于是玛莎玩起了这个游戏。门开时，她躲了起来。

克拉特基特先生将保暖的围巾摘了下来。他将它搭在炉火边的椅子上。他的衣衫破旧。但是克拉特基特夫人将它缝缝补补，洗刷一新，看着很有点过节的样子。小蒂姆骑坐在爸爸的肩膀上。他拿着一根小拐杖，两条腿都被铁架子撑着。

“咦，咱们的玛莎呢？”克拉特基特先生四处张望，问道。

“还没到家呢。”克拉特基特夫人说道。

“还没到家？”克拉特基特先生说道，看起来很难过的样子。“都圣诞节了，还没到家呢？”

虽然这只是开玩笑，可是玛莎不愿看见爸爸失望的样子。她从衣橱门后面跑了出来，扑进了克拉特基特的怀抱之中。这真是一场欢乐的重聚啊。两个小克拉特基特将小蒂姆簇拥着进了洗漱间。

“小蒂姆表现得怎么样？”克拉特基特夫人等到克拉特基特先生心满意足地抱够女儿之后问道。

“棒极了。”克拉特基特先生说道，“好得不能再好了。他自个儿坐着，想着各种稀奇古怪的事儿。回家的路上，他跟我说希望教堂的人都能看见他。因为他是个跛子，他希望人们会想起来是谁让跛脚的乞丐行走，是谁让盲人重见光明。”

克拉特基特先生说到这儿，都哽咽了。他拭去一小滴泪水。“我们的儿子越来越强壮，越来越健康了。一天比一天强壮和健康！”

过了一会儿，小蒂姆的拐杖落在地板上的声音响了起来，他和大家一起坐在炉火旁。

最后，菜都摆在了桌上，大家都做了祷告。切烤鹅时，克拉特基特家的孩子们都用刀柄敲击着餐桌喊道：“万岁啊！”

烤鹅完美极了。苹果酱和土豆泥让这顿晚餐得以圆满。这虽不是什么大餐，却填饱了每个人的肚子。不一会儿工夫，当克拉特基特夫人离开房间时，贝琳达把盘子换掉了。她心里挂念着布丁！只有布丁！

克拉特基特夫人花了好多时间操心这布丁。“要是分量不够怎么办？要是煮得不透怎么办？如果取出来的时候我把它弄裂了怎么办？”她预想到了各种糟糕场面的发生。

不过克拉特基特夫人的布丁安然无恙。不止是好呢！

“真是了不起的布丁啊！”克拉特基特先生说道。他认为这是克拉特基特夫人迄今为止最大的烹饪成就之一。

“我原本还担心面粉放多了呢。”克拉特基特夫人坦承。

真的，这布丁太棒了，她原本不需要有一点点担心。每个人都对这布丁充满了溢美之词。但没有一个人忍心去说，对这么一大家子人而言，这布丁实在太小了。克拉特基特家的任何一个人，哪怕是流露出一丁点这个意思，都会羞得面红耳赤。

终于，晚餐全部结束了。盘子被清理干净了。壁炉被打扫过了，炉火也添得更旺了。苹果和橘子被放上了餐桌。满满一铲子栗子被堆在了炉火上。之后克拉特基特一家人围炉而坐。在克拉特基特先生的手肘边上立着一个酒

壶、两只酒杯和一只没有柄的蛋羹杯。

酒杯很精美，并不亚于黄金铸成的酒具。甚至更好点呢，克拉特基特先生想。他将酒从壶里倒入酒杯，与此同时，火上烤的栗子噼啪作响，爆裂开来。接着克拉特基特先生发表了一番致辞。

“我亲爱的家人们，祝大家圣诞快乐！上帝保佑我们大家！”

全家都发声附和。

“上帝保佑我们每一个人。”最后响起了小蒂姆的声音。克拉特基特先生将他枯萎的小手握在了自己的手中。他紧紧地握着，好像永远不想小蒂姆从他的身边离开一样。

“幽灵啊，”斯克鲁奇说道，带着一种前所未有的关心，“告诉我小蒂姆会不会活下去？他活下去了吗？”

“我看见一把空椅子，”幽灵答道，“放在那可怜的壁炉角。还有一根没有主人的拐杖。若是‘未来’没有将这些影像加以改变的话，这孩子就会死。”

“不！不！”斯克鲁奇叫喊道，“哦，别这样，仁慈的幽灵。告诉我他会得到幸免。请告诉我他会得到幸免。他还只是个小孩子啊。”

幽灵再次说道：“倘若‘未来’未能改变这些影像的话，他会死的。若是他真的会死，倒不如现在就死，还能减少过剩的人口。”

听到幽灵引用他自己的狠话，斯克鲁奇垂下了头。他被哀伤、后悔和悲痛给击倒了。

“男人啊，”幽灵说道，“你是谁，能决定谁生谁死？在天堂，比起千万个像这样的穷人家的孩子，你更是一分不值，更不适合生存。”

斯克鲁奇颤抖着，在幽灵面前弯下身子，将目光投向地面。但当他听见鲍勃·克拉特基特提到他的名字时抬起了头。

“斯克鲁奇先生，”克拉特基特先生说道，“我提议为斯克鲁奇先生祝酒。他是这顿大餐的创始人！”

“确实是这顿大餐的创始人。”克拉特基特夫人叫道。她的脸都涨红了。“我希望他人能在这里，我会好好让他吃一顿教训。我希望那时候他也有个好胃口！”

“我亲爱的，”克拉特基特先生说，“孩子们！这是圣诞节啊！”

“我相信也只有在圣诞节这一天，人们才会为这位小气刻薄、冷酷无情的斯克鲁奇先生祝酒。罗伯特，你知道他是个什么货色。没人比你更清楚他那些龌龊的勾当了。你是个可怜的家伙。”

“我亲爱的，”克拉特基特先生说，“这是圣诞节。”

“我看在你的分儿上和这个节日的分儿上，为他喝上一杯。”克拉特基特夫人说道，“但我可不是看在他的面子上。祝愿他长寿、圣诞快乐以及新年快乐。无疑，他会非常快乐，非常幸福。”

孩子们随后也都敬了酒。这里面可没什么真情实意了。小蒂姆最后一个举杯，他一点儿都不把这次祝酒放在心上。对这一家子来说，斯克鲁奇是丑陋的怪物。仅仅是提到他的名字，都会给这次聚会蒙上一层阴影。

五分钟之后，节日的气氛又回来了。克拉特基特先生带来了一个振奋人心的消息，他差不多已经为小彼得物色了一份工作。这份工作一周足足能挣五六个便士呢！小克拉特基特们一想到彼得的商人模样就笑了。

稍后，在栗子爆裂的声响之中，全家人开始唱起了圣诞颂歌。他们围坐在炉火边，一边取暖一边歌唱。

这并不是什么壮观的景象。他们并不是什么小康之家。穿着一点儿也不考究。他们的衣衫上满是补丁。他们的鞋子完全不能防水。他们的餐桌上常常空空如也。但是他们快乐。他们为自己所拥有的心存感激，对彼此感到满意。

当他们的影像即将在斯克鲁奇的眼前消逝之际，在幽灵火把挥洒的光芒之下，他们看起来更欢乐了。分别时，斯克鲁奇定定地看着这家人，尤其是小蒂姆。

此刻，天色已晚。当斯克鲁奇和幽灵走上街头时，大雪纷纷落下。当他们望进家家户户的窗户时，他们能看见一家家人正在准备温馨的晚餐。

无论幽灵走到什么地方，人们都能感觉到它那慷慨的精神。他们互道节日的问候，生气勃勃。即便是那点灯人，他正准备将灰暗的街道通宵点上星星点点的灯光，也会在幽灵经过他时放声大笑。

现在，幽灵并未提醒一个字，他们便站在了一片阴暗的荒野之上。

"这是哪里啊？"斯克鲁奇问道。

"这儿是矿工们生活的地方。他们都在地底下干活。最深最黑暗的地方。但是，看啊！他们认得我！瞧！"

斯克鲁奇朝着光亮处走去。光亮来自一个工棚的窗户。经过一面由泥土和石头砌成的墙，他们看见了一群欢乐的人。老老少少坐在一起唱着圣诞歌曲。他们紧紧相拥取暖，每个人脸上笑意盎然。

但幽灵并未在此停留。它让斯克鲁奇拉着它的袍子，他们继续前行。不一会儿工夫，他们来到了大海边。斯克鲁奇的耳朵都要被海水拍击的轰鸣声震聋了。海水在被冲蚀的可怕洞穴之间轰鸣咆哮。

在一片陷入水中的岩石暗礁之上矗立着一座灯塔。大堆的海藻盘结在它的底部。风暴鸟们在暗礁周围飞起飞落。但是即便是这样的所在，也有两个看守灯塔的人生起一堆火，互祝对方圣诞快乐。年长的那个，在恶劣的天气下，脸上饱经风霜，满是伤疤，他唱起了一支坚定的圣诞欢歌。

幽灵和斯克鲁奇再一次快速地飞跃过这片漆黑、汹涌的海面。他们停在了一艘船上，站在了操舵的舵手旁边。在海上讨生活很是艰苦，但是在这特殊的一天，每个人心里都记挂着对方。他们每个人都在以各种方式分享着节日的快乐。每个人心中都牵挂着远方的人儿。每个人都为有人也在牵挂着他们而感到快乐和欣慰。

斯克鲁奇想道，这样的生活得有多么的黑暗和孤独啊。可是这些人是快乐的。他们只记挂着将快乐带给别人。

一眨眼间，他惊讶地听见一阵爽朗的笑声。更让他惊讶的是，他发现这笑声是由他的外甥发出来的。他四下张望，发现自己正站在他外甥家那明亮、光彩四溢的房间里。

“哈哈！”斯克鲁奇的外甥笑道，“哈哈哈！”

如果你碰巧认识谁能笑得比斯克鲁奇的外甥更欢快的话，我倒想认识一下。这世上没有什么能比笑声和幽默感更具有感染力了，哪怕是疾病也不能。斯克鲁奇的外甥捧腹大笑，脸都扭曲变形了，他周边的每个人都开怀大笑。

“他说圣诞节是在瞎胡闹！你能相信他这话吗？”斯克鲁奇的外甥叫道，“而且他也对此深信不疑！他的确是

认真的！”

“那他更该感到害臊了，弗莱德。”他妻子说道。

斯克鲁奇观察了一下他的外甥媳妇。她非常美丽。她有着他所见过的最明亮的眼睛。

“他是个滑稽的老家伙，”弗莱德说道，“这是事实。他本来可以更友善一点。但是他冒犯别人，自己也没好果子吃，不是吗？我想不出什么话来驳斥他。一句都没有。”

“我敢肯定他很富有，”斯克鲁奇的外甥媳妇说道，“至少你一直是这么对我说的。”

“可那又怎么样呢，亲爱的？”弗莱德问道。“他的财富对他来说一点用处都没有。他不会用这笔财富行什么善事。他没有用这笔财富令自个儿舒坦一点。他本可用这笔财富让我们从中受益，可他连这么想一下的乐趣也没有。”

“我对他可没什么耐心。”斯克鲁奇的外甥媳妇说道。所有在场的女士们都点头表示赞同。

“噢，我有耐心！”弗莱德说道，“我为他感到遗憾。我试过，我没法对他生气。他这个样子能让谁吃亏呢？只能永远是他自己啊。他这么心心念念地不喜欢我们。他拒绝和我们一起用餐。后果怎么样呢？他错过了一顿丰盛的晚餐以及和我们相处的快乐时光。不管他喜欢与否，每一年我都会邀请他，因为我怜悯他。

“他永远都会看见我兴高采烈地在圣诞前夜去到他那儿，对他说：‘斯克鲁奇舅舅，您可好啊？’要是我这么做，他哪怕是愿意多给他那个伙计五十镑，那对我来说就足够了。我想我昨天还是有点儿触动他的。”

这一下宾客们哄然大笑，他们想象着斯克鲁奇被触动的样子。

盛宴之后，他们开始欣赏音乐、玩游戏、品茶。斯克鲁奇的外甥媳妇摆好竖琴，弹奏了一首歌。斯克鲁奇儿时在寄宿学校就知道这首歌。这令他想起了昔日圣诞之灵。

当音符被奏响，幽灵曾展现在他眼前的所有事物浮现在他的脑海。他越来越温和了。若是他几年前能多听一些像这样的音乐，或许他现在会变得更善良一些。相反，他走上了杰可布·马利的老路。

尽管宾客们并不知道，但斯克鲁奇加入到了歌唱和游戏之中。幽灵欣喜地发现斯克鲁奇能有这份好心情。但当斯克鲁奇恳求留下，直到最后一个客人离开，幽灵告诉他这不可能。

这轮新游戏将是斯克鲁奇的最后一个游戏了。这游戏可真是精彩啊！这游戏名叫“对与错”。斯克鲁奇的外甥要想好一个事物，然后客人们通过问问题的方式去猜是什么，而问题只能以对或错来答复。

问题就像开火一样被快速地抛出来。最终，外甥媳妇的妹妹猜对了！

“是你的舅舅斯克鲁奇！”

这当然就是正确答案。

很多人抗议，弗莱德不应该对“这是熊吧？”这个问题说错，因为在他们看来，斯克鲁奇可不就跟狗熊一个样子。

“我敢肯定，他给我们带来了很多欢乐。”弗莱德说道，“要是我们还不为他的健康干一杯的话，也未免太不厚道啦。”他举起他的热葡萄酒杯。“敬斯克鲁奇舅舅。”

“敬斯克鲁奇舅舅！”大伙儿一起喊道。

“无论他此刻身在何处，都祝福他老人家圣诞快乐、新年快乐。即便他不愿接受我的节日祝愿，我还是一样要送给他这祝福。”弗莱德说道。

若是幽灵给他时间，斯克鲁奇定会为这番发言而鼓掌，并且谢过每一个人。但是这一幕场景就随着弗莱德话语的最后一点声息而消失。幽灵和斯克鲁奇再一次踏上了新的旅程。

无论他们去到何处，他们总会遇见欢乐的人群。无论是在医院、牢房、街角，都是这般景象。人们为他们所能拥有的一切，心中充满欢乐和感激。在很多情况下，他们拥有的其实微乎其微。

当他们离开另一个聚会时，斯克鲁奇察觉到幽灵的头发逐渐变成灰色。“幽灵的生命很短暂吗？”

“我在人世间的寿命很短暂，”幽灵说道，“今晚就会结束。”

“今晚！”斯克鲁奇喊道。

“就在今晚的午夜。”幽灵说道，“时间越来越近了。”

就在此刻，响起了十一点三刻的钟声。

“抱歉，我能提个问题吗？”斯克鲁奇说道，“我看见你袍子底下有个东西冒了出来。是一只脚吗？还是一只爪子？”

幽灵悲伤地答道：“瞧吧。”它缓缓将袍子拉了起来。

自长袍卷起的地方冒出了两个可怜悲惨的孩子。他们跪在幽灵脚边，紧紧拉住它的衣服。

他们是一个男孩和一个女孩。他们衣衫褴褛，面黄肌瘦，愁容满面。那本该洋溢着美好青春气息的面庞，被一只腐朽起皱的手弄得要多扭曲就有多扭曲。

斯克鲁奇盯着看。他惊惧万分。他想试着说他们都是好孩子，可话到嘴边，却如鲠在喉。

“幽灵，这是你的孩子们吗？”斯克鲁奇想不出更多的说辞。

“他们是人类的孩子。”幽灵说着，垂下目光看着他们。“这个男孩名叫无知，女孩名叫需要。要小心这两人。但最主要的是，要小心这个男孩。瞧瞧他的眉毛。‘末日’的字眼已然写下。除非这字眼能被抹去……”

“难道他们就没有避难所吗？”斯克鲁奇问道，“没有人帮助他们吗？”

“难道没有监狱吗？”幽灵说道，最后一次用斯克鲁奇自己的话去斥责他，“难道没有贫民习艺所吗？”

钟声敲响了十二下。

斯克鲁奇四下寻找幽灵的踪迹，却不得见。最后一声钟声淡去时，他回想起了老杰可布·马利的预言。他抬起眼，看见一个幽灵庄严地披着披风，戴着风帽，如同一团雾一样，顺着地面朝他飘了过来。

第4章

最后一个幽灵

那幽灵缓慢地、肃穆地、无声地向他靠近。当它走近他时，斯克鲁奇跪了下来。幽灵所经过的空气中，弥漫着抑郁和悲伤的气息。

幽灵被罩在一件深黑色的衣服里。它全身裹得严实，只露出一只向外伸出的手。要不是这只手，很难将幽灵和夜晚的黑暗区分开来。

幽灵神秘的存在感令斯克鲁奇心怀恐惧。他对这幽灵一无所知，因为它一动不动，也不开口说话。

“我面前的这位是未来圣诞之灵吧？”斯克鲁奇问道。

幽灵没有回答。它用手指向前方。

“你是打算让我看看那些还未发生的事情吧。但它们都将一一发生。是这样吗，幽灵？”

幽灵衣服的上方微微颤动了一下，好似它在摇头一样。这是斯克鲁奇收到的唯一答复。

尽管他现在已习惯了幽灵陪在他的身边，斯克鲁奇还是很惧怕这无声的影像，怕到双腿都在发抖。他准备跟幽灵走的时候，几乎无法站立。幽灵略停了一下，好像注意到他发抖的双腿，于是给他一些时间平复。

这让斯克鲁奇甚至更害怕了。他惊恐地省觉，在那黑袍之下，幽灵的眼睛是可以看见他的。但他除了黑暗之外什么也看不见。

“未来之灵啊！”他喊道，“我对你的惧怕要甚于我之前见过的任何一个幽灵。但我知道你是为了我好。因为我希望做一个比过去更好的人，我准备好跟随你的步伐。我将怀着一颗感恩的心这么做。你不跟我说说话吗？”

幽灵仍是一声不吭。它的手指向他们的正前方。

“带路吧！”斯克鲁奇说道，“带路吧！夜晚很快消逝，时光对我而言很珍贵。我准备好了。带路吧，幽灵！”

斯克鲁奇走向幽灵时，它向前飘去。斯克鲁奇跟随着它长袍的阴影，那阴影好似能够裹挟着他前行一般。

不一会儿，他们就降落在了城市的中心地带。这是斯克鲁奇常见的一幅场景。商人们数着钞票，在街上匆匆来去，聚集在一起交谈着。好些人一直在看表，笑着。

幽灵停在其中一伙人身边。瞅见幽灵将手指着那群人，斯克鲁奇于是上前去倾听他们的对话。

“不，”一个下巴肥大的大胖子说道，“我也不大知情。我只知道他死了。这点是肯定的。”

“那他是什么时候死的呢？”另一人问道。

“我想是昨晚吧。”第一个人说道，“对，就是昨晚。”

“他是出什么事了吗？”第三个人问道，“我还以为他永远不会死呢。”

“天才知道。”第一个人打了个哈欠，说道。

“那他那些钱要怎么办呢？”一个红脸男人问道。

“这我可就没听说咯。”那个下巴肥大的人说道，“也许留给他的公司了吧。没留给你或我，这我是知道的。”

每个人听了他这最后一句话都哄堂大笑。

“那多半是个简陋的葬礼。”同一个人说道，“我是想不出有哪一个人会去参加。要不咱们组团去吧？”

“要是提供午餐的话，我倒不介意去。”有人应道。大伙儿又笑了一番。

说话的人和听众都渐渐散去了，留下斯克鲁奇在那儿迷茫不解。斯克鲁奇认识这些人，他望向幽灵，寻求解释。

幽灵飘进一条街道。它的手指指向两个正在交谈的人。斯克鲁奇再次倾听，想着也许能从他们的对话中得到解释。这两个人他也是认识的。他们腰缠万贯，声名显赫。他之前一直特别注意当面与他们处好关系。当然这完全是从生意的角度而言。

“您好哇？”一人说道。

“您好哇？”另一人回道。

“我好着呢。”第一个人说道，“老吝啬鬼的末日到了，嘿！他死咯。”

“我也听说啦。”第二个人说道。他四下看看。“真冷啊，对不？”

“每年到这时候都这样。我猜你大概不滑冰吧？”

这就是他们这次见面从头到尾的聊天内容。老吝啬鬼和滑冰！这对斯克鲁奇一点儿帮助也没有。他还是像之前一样困惑。

一开始，斯克鲁奇好奇幽灵为什么让他听这些傻乎乎的对话。但他感到这些对话肯定有什么含意。这不可能跟杰可布·马利的死有任何关系。因为那已经是过去的事了，而眼前的是未来之灵。他想不起来还有谁是既跟自己有关联，又和这些人有关联。

斯克鲁奇决定要珍视听见的每一句对白、看见的每一样事物。他尤其发誓自己的身影一出现，就要捕捉到它。他确信他未来的影像会给他带来错失的线索。

他四下查看他工作的所在，寻找自己未来的影像。虽然时钟上的时间正是他平时在那儿的时间，但是他并未看见自己的影像。

相反，另一个人站在他的位置上。

幽灵安静阴沉地站在他的身边，伸出了它的手。斯克鲁奇一想到幽灵盯着他就不寒而栗。他感到寒冷发抖。

他们离开了闹市区，来到了城市昏暗的角落。过去斯克鲁奇一直不愿冒险去城市里的这些区域。这里又脏又乱。这里的人都喝得醉醺醺的，面目狰狞。这里除了犯罪和痛苦之外别无他物。

城里最远的这一头有一家小店，这里买卖着旧衣服、瓶子、骨头和一些五金件。钥匙、锁链、铰链、文件、天平和砝码互相堆积在地板上。坐在这片乱糟糟的物事之中的是一个身材矮小、一头灰发、年近七旬的老人，名叫老乔。

斯克鲁奇和幽灵向老人走去，就在此时，一个妇人抱着一大捆重物进了店里。接着另一个妇人走了进来，身后紧跟着一个穿着褪色黑衣服的男子。看见彼此，他们一点儿也不惊讶。他们心照不宣地笑了起来。三个人都发出了笑声。

"让管家打头阵，洗衣女工跟在后面，殡葬承办人第三个走。也找不到更好的地儿碰头了。"老乔说道，将烟管从口中取出，"去客厅吧。"

客厅就是破布帘后面的一片区域。老人停下来耙了耙火，又将烟管放进了嘴里。

“还真是巧哩。”第一个妇人说道。接着她像是要为他们所有的行为申辩似的说道：“每个人都有权利把自己照顾好了。他就是那么做的。”

“没错，没错。”众人附和道。

“死人才不会介意咱们拿他的这些东西呢。他还要这些身外之物做什么呢？要是他生前是个好人的话，临终时会有人照料他的。但如今这就是他的下场了。”

“他的下场本应该更惨，”那个殡葬承办人说道，“惨得多。我们把这几捆东西打开，瞧瞧我们都从他那儿拿了些啥吧。”

他们抖出了一堆从那死人身上偷来的小物事。老乔把每样东西都登了记，并把这些物事给每人都公平地分了一份。他们亮出来的东西有靴子、衬衫、方糖夹、银纽扣、他床上的床单、毛毯、毛巾，以及一些老式的茶匙。

老乔看着那些毛毯。“我希望他不要是因为什么传染病死的才好。”

“这倒不用担心。”管家说道，“瞧瞧他的衬衫。”她指着殡葬承办人的那一堆物事。“还好咱们没有浪费这些东西。”

“咋能浪费掉呢？”老乔问道。

“咱们何苦要给他穿着衣服裹着毯子下葬呢。”殡葬承办人说道。他笑了。“还真有傻子这么做呢，但我把他扒了个精光。他才不配这待遇呢。”

斯克鲁奇对眼前这一幕感到震惊。他满怀厌恶地看着他们。

接着老乔拿出一个法兰绒的钱袋子。“他就是这个下场了。他生前把所有人都吓跑了，现在死了，咱们倒是能赚上一笔。哈哈！”

“幽灵啊，”斯克鲁奇从头到脚都在发抖，“我明白了，我明白了。这个不幸的人身上发生的事可能会在我身上重演。我的人生现在已经走上那个轨迹了。可怜可怜我吧，这到底是什么意思？”

他因恐惧而退却，因为场景发生了变化。他站在床边。一块破床单盖着什么。他知道那床单遮盖的一定是什么可怕的东西。

房间内黑漆漆的——太黑了，以至于什么也看不清。斯克鲁奇焦急地四下张望，想要辨认出这是哪间屋子。苍白的光线正落在床上。一个男人身体的轮廓依稀可见。

斯克鲁奇瞥向幽灵。它的手直直地指着那男人的头。轻微地动一下床单，脸就露出来了。斯克鲁奇却不想这么做。

他琢磨着倘若这男人现在能站起来会怎样。他会想些什么？他躺在黑暗中，没有一个男人、女人或是孩子为他

哀悼。没有一个人在乎他的离世。只有猫在挠着门；只有老鼠在壁炉下面蠢蠢欲动，想要爬进来。它们这会儿怎么就这样闹个没休呢？斯克鲁奇不敢往下去想。

“幽灵，把我从这凄凉的地方带走吧。离开这儿，但我不会忘记在这儿得到的教训。”斯克鲁奇哭喊道。

幽灵的手指没有动，依旧指着那男人的头。

“我明白你的意思。”斯克鲁奇说道，“要是我能做到，我会这么做。可是我做不到。我没有那能力。倘若这城里还有谁会为这个人的离世而感到悲伤，我请你带我去看看他。”

有那么一刻，幽灵在斯克鲁奇面前展开了黑袍。他一动，就显现出一个日光照耀下的房间。一个妇人和她的孩子们在里面。

那妇人在等着谁，很焦急的样子。她在屋里来回踱着步。终于，她的丈夫回来了。那男子神情疲惫。他的样子看上去饱经生活的沧桑。但是今日他的目光中却焕发着光彩。他知道应该克制，可就是按捺不住。

他在餐桌边坐下。当她向他询问消息时，他控制不住自己了。“算是个坏消息吧。”他微微一笑道。

“我们是要完蛋了吗？”他妻子问道。她看起来也远比她的实际年龄大。

“那倒没，卡罗琳。”男子说道，“希望还是有的。”

“除非他发慈悲，”她吃惊地说道，“那是我们唯一的希望。”

“已经不是发慈悲的问题了，卡罗琳。他死了。”

她拍着手。听闻这消息，她开心极了，大喜过望。在喘下一口气时，她祈求着宽恕，因为她觉着因一个人的死而感到欢欣鼓舞是种罪过。但终究她也无法控制地显露出这份内心深处的喜悦之情。

“我开始还不相信昨晚上的传闻呢，但这是千真万确。”她丈夫微笑道，“他死了。”

“那我们的债务要转向谁支付呢？”卡罗琳问道。

“我不知道。但到那时我们也能凑够钱了。即便我们没能凑够钱，也不会有人像他那样冷酷无情啊。我们今夜可以放宽心睡个好觉了，卡罗琳。”

他们心里顿觉轻快。孩子们的面庞也欢快了不少。这一家子人听闻了这死讯之后变得那么快乐。幽灵能够展示给斯克鲁奇因此事带来的唯一的情感也就是欢乐了。

“求求你了，”斯克鲁奇哀求道，“求你让我看看为这死讯感到哀伤的场面吧，不然我们刚离开的那间小黑屋的场景会一辈子纠缠着我。”

幽灵带着他飘过了好多条街道。他们踏入之前也去过的一间房子。那是鲍勃·克拉特基特的家。母亲和孩子们正围坐在炉火前。

屋子里安安静静。和上回他来访时是那么的不同。彼得念着书，孩子们都在听着。母亲和贝琳达静静地缝着东西。

“他抱着一个孩子，并把他放在他们之间。”彼得念道。

斯克鲁奇之前从哪儿听过这些话来着？肯定不是在梦里梦到过。这孩子肯定是在他和幽灵跨过门槛时念过这些文字。为什么他不继续往下读呢？

母亲放下手中的针线活，掩住了自己的眼睛。“这颜色真刺我的眼。”

颜色？噢，天哪！可怜的小蒂姆！

"爸爸一会儿就该回家了。"贝琳达说道，"但我觉得他如今走得有点慢了，妈妈。"

他们再一次沉默了。克拉特基特夫人后来说了一会儿话，可在提到小蒂姆的名字时结巴了起来。

门开了，克拉特基特先生走了进来。他和颜悦色地看着家人，对他们说话时也是满心愉悦。他看了一眼针线活。"这活儿做得真好。周日前你一定能早早的就做完了。"

"今天你去了吗，罗伯特？"

"去了。你要是看到那里有多么绿意盎然和美丽，你也会高兴的。我跟他保证了，周日我还要去陪陪他呢。"克拉特基特先生开始啜泣了。"我可怜的儿啊。我的儿啊！"

他一下子崩溃了。他实在控制不住。当他再次恢复镇定时，他向家人说起了斯克鲁奇外甥的善举。

"他那么真诚，"克拉特基特先生说道，"为我们失去了小蒂姆由衷地感到遗憾。他说若是他能帮上哪怕一点儿忙，一定要让他知道。他把他的家庭住址给了我。就好像他认得我们的小蒂姆，并和我们一样真切地为他感到哀伤。"

"我敢肯定他是个好人。"克拉特基特夫人说道。

"我能看出来他是个好人。你该听听人们对他的评价。真是个大好人。"他又一次面露哀伤。"我们永远都别忘了小蒂姆，好吗？”

“永远不会的，爸爸！永远不会的！”孩子们哭喊道。

“永远要记得他是那么有耐心和善良，虽然他只是个小孩子。每当要与人争执时，想一想他的善良。”克拉特基特先生说道。

“永远会记得，爸爸！永远会记得！”孩子们哭喊道。

斯克鲁奇看着幽灵。“我怕我们的时间已经不多了。请告诉我那床单下面的人是谁。”他指向他自己的家。“我们去那里吧。”

幽灵停住了。他的手指向了别处。

“房子在那里啊，”斯克鲁奇大喊道，“你为什么不朝那儿指啊？”

那手指一动不动。

斯克鲁奇急忙跑向他的办公室窗口，朝里面瞄了一眼。那确实是一间办公室，却不是他的。里面的摆设不一样。坐在椅子上的人也不是他。幽灵还是像之前一样指着别处。

他又一次跟随了幽灵的步伐。它将他带到了一扇铁门前。他停下脚步，四下张望了一番，才走了进去。

这是一块墓地。啊！他想知道姓甚名谁的那个可怜人躺在这儿的地底下呢。这块地价值不菲，四周被房子包围着，野草滋生。幽灵站在墓地之间，将手指向其中一个。

斯克鲁奇举步向前。他浑身颤抖。

“在我走近你指的这墓碑之前，回答我一个问题。这些是将要发生的事情的影像还是可能会发生的事情的影像呢？”

幽灵依旧指着他们边上的坟墓。斯克鲁奇缓缓向前挪动着，边走边发抖。随着幽灵手指的方向，他念出了墓碑上他自己的名字：艾本尼泽·斯克鲁奇。

“我就是那个躺在床上的人吗？”他抽泣着跪了下来。“不，幽灵！不，不，不是这样的！告诉我不是这样的，我求求你啦！”

那手指依旧指着那里。

“幽灵啊！”他抓着幽灵的袍子，哭喊道，“听我说啊！我不再是之前的我了。我一定不会成为那个我注定要成为的人。如果我已无药可救，你为何让我看这些影像呢？”

破天荒地头一遭，幽灵的手似乎颤动了一下。

“善良的幽灵啊，你在可怜我吧。你答应我，在另一种人生中，你所呈现给我的这些影像是有可能会改变的。”

善良的手颤抖了。

“我将在心中感念圣诞之日，并带着这份感恩过完一整年。我将活在过去、当下和未来。三个幽灵将一直激励我。我不会将它们给我的教训拒之于心门之外。噢，告诉我，我可以抹去墓碑上的字！”

他痛苦万状地抓住了幽灵的手。幽灵挣扎着要摆脱他。幽灵毕竟更加强壮，它挣开了他。

斯克鲁奇高举着双手，最后一次祈祷他的命运可以被改变，这时，他看见幽灵的风帽和袍子缩了下去。它随即完全塌陷下去，变成了床柱。

第5章

尾　声

是的，那是他自己的床柱！床是他自己的。房间是他自己的。最让他开心的是，眼下的时间是他自己的。还有时间可以做出补偿。

“我将活在过去、当下和未来。”斯克鲁奇重复道。他急忙下床。“那三个幽灵将会永远活在我的心中。哦，杰可布·马利！我要为此称颂上天和圣诞节日。我是跪着说出此话的，老杰可布啊。我是跪着的！”

他的脸上满是泪水。

“它们没有被扯下来。”斯克鲁奇叫喊道，用胳膊拢住其中一面床帷，“它们一点儿也没被扯下来。它们还在这儿。我还在这儿。那些也许要发生的事情的影像是有可能被消除掉的。它们会被消除掉。我敢肯定！”

他的手忙着把自己的衣服里里外外地穿戴好。“我不知道做什么啊！”他说道，一时之间，又是哭又是笑，“我就像羽毛一样轻飘飘的。我就像那天使一样乐呵呵的。我就像那学童一样喜洋洋的。祝每一个人圣诞快乐！祝全世界新年快乐。”

斯克鲁奇跑进了客厅，上气不接下气。“这是盛着燕麦粥的炖锅。”斯克鲁奇叫喊道。他四下张望。“这是杰可布·马利的鬼魂闯进来的门。这是今日圣诞之灵坐着的墙角。这是我望见游荡的幽灵的窗子。都没问题。都是真的。这些真的都发生过。哈哈哈！”

说真的，对一个多年都没笑过的人来说，斯克鲁奇这下可是笑了个过瘾。

“我不知道今天是几号。我不知道是几月！”他又笑了起来。“我不知道我和幽灵们待了有多久。我什么都不知道。我就像个婴儿一样。无所谓啦！有什么要紧的？哈哈哈！”

教堂尖塔上响起了钟声。叮，咚，铛。铛，咚，叮。咣，啷，锵！哦，多么动听啊！多么动听！

斯克鲁奇跑向窗边，把窗户打开，将头伸了出去。没有雾也没有霾。只有一片清澈澄净的天空。金黄色的阳光。甜美清新的冬日气息。快乐的钟声。哦，多么光辉啊！多么光辉！

“今天是几号？”斯克鲁奇对着楼下一个穿着周日礼服的孩子喊道。

“什么？”孩子问道。

“今天是几号？”斯克鲁奇再一次说道。

“嗨，今天是圣诞节呀！”他回答道。

“今天是圣诞节！”斯克鲁奇说道，“我还没错过它。幽灵们做的事情都在一夜之间。它们可以随心所欲地做任何事情。它们当然能做到这些。它们当然能做到！”

“你可认识下一个街角的屠夫？”斯克鲁奇向男孩问道。

“是，我当然认识。”男孩说道。

“真是个聪明的孩子。”斯克鲁奇说道，“一个了不起的孩子！”他微笑着望向那个男孩。“你可知道他们有没有卖掉那只获奖的火鸡？挂在橱窗里的那只？不是小火鸡。大个儿的那只。”

“跟我一般大的那只吗？”男孩问道。

说话的这孩子多么优秀啊，斯克鲁奇想道。“对，就是那只，我的朋友！”

“它还挂在橱窗里呢。”男孩答道，“我几分钟前才看过它。”

“哦，那太好了，太好了！”斯克鲁奇说道，“去把它买下来！告诉他们把它带到这儿来。我会告诉来人该送到哪里去。如果你能和那人一起回来，我就给你一个先令。

如果不到五分钟，你就能和他一起返回，我就给你半个克朗！”

那孩子像箭一样冲了出去！

“我要把它送到鲍勃·克拉特基特家里去。”斯克鲁奇搓着手掌，低声说道，“他不会知道是谁送的。那只大火鸡有两个小蒂姆那么大。”

他写地址的那只手在颤抖，但他还是写了下来。他跑下楼梯，等着屠夫到来。他打开门，站在门口。他立在那儿等候时，门环引起了他的注意。

“我会永远爱着这门环！”斯克鲁奇叫道。他用手拍着它。“我从没这样看过它。它脸上刻着的表情多诚恳啊。真是个漂亮的门环。”

屠夫和男孩到了。“你好啊，火鸡！这火鸡太棒了！”斯克鲁奇望了一眼街道。“它太大了不好拎。我帮你叫辆出租马车吧。对，叫辆马车才成啊。你必须得有辆马车才能走。”

他说这话时，咯咯笑着。他付钱买下那只火鸡并付了出租马车的钱时，咯咯笑着。他一直咯咯笑着，直到坐下来哭泣为止。

斯克鲁奇穿上了自己最好的衣服。刮胡子可不是一件轻松的活儿，因为他的手一直在颤抖。即便把鼻子割掉了，他还是会咯咯笑着，并且会继续快乐下去。

最后，他出门走到了街上。街上人潮涌动，正如他和今日圣诞之灵看到的景象。他背着手走着，跟每个路过的人微笑致意。斯克鲁奇看上去是那么快乐，有人跟他说："早上好，先生。祝您圣诞快乐！"这些语句在他听来多么美妙！多么快乐、喜庆的话语啊！

没走多远，他就看见了前日踏进账房，并询问"这儿就是斯克鲁奇和马利商行吧？"的那个人。他想到那人对他的看法，不禁心中一凛。但他不愿就这样回避那人。

"亲爱的先生。"斯克鲁奇说道。他快走两步，一把抓住那个绅士的双手。"您好啊！我希望您昨日的募捐是成功的。您人真好。祝您圣诞快乐，先生。"

"斯克鲁奇先生？是您吗？"那人使劲眨眼。

"是我啊，"斯克鲁奇说道，"这正是我的名字。抱歉之前对您的态度不是很友好。请允许我恳求您的原谅。"斯克鲁奇将什么东西往那人手中一摁。"您能接受这份善意吗？"

那人看见手中的东西，惊呆了。"天哪，上帝保佑！您是认真的吗？"

"如果您愿意，"斯克鲁奇说道，"一分都不少。今后还会有更多的善款，我向您保证。您能帮我个忙吗？您能找个时间来我这儿吗？"

那人看着他的手，满满的好消息啊。"我会的，先生。

我会的。”

“谢谢您。”斯克鲁奇说道，“我承您的情了。我再怎么谢您也不为过。上帝保佑您。”

斯克鲁奇朝着教堂走去，他在街上四处走着，见着人们忙忙碌碌的样子。他拍拍小孩子的头，跟乞丐搭搭讪，张望着别人家里厨房的景象。

每一样事物都带给他快乐。每一件事和每一个人都是如此。他从不知道就这么简单地走走路能带来如此多的欢乐。

到了下午，斯克鲁奇朝着他外甥的家走去。他在门前转了许久，终于鼓起勇气敲了门。

“亲爱的，你的主人在家吗？”他向一个小女孩问道。

“是的，先生。”那女孩看着他说道。

“他在哪呢，亲爱的？”斯克鲁奇问道。

“他在饭厅呢，先生，和夫人在一起。我来带您上楼。”

“他认得我的。”斯克鲁奇说道，“我自己进去就好啦。”他轻轻地打开门走了进去。弗莱德和他的外甥媳妇都在那儿，就像他记忆中的场景一样。

“天哪，上帝保佑。”弗莱德叫道。

“这是谁？”他妻子问道。

“是我哟，你的舅舅斯克鲁奇。我来参加晚宴了。你能让我进来吗，弗莱德？”

五分钟后，斯克鲁奇就感觉像是在自己家一样了。那晚他过得真开心啊！精彩，精彩，哦，真的精彩！

但是他第二天一早就到了办公室。哦，这正是他计划好的！要是他能先一步到这儿，逮住鲍勃·克拉特基特迟到，那就太好啦。这可是他心里最期待发生的了。

他真的做到了！是的，他整整比克拉特基特先生早到了十八分钟。斯克鲁奇把门开着坐在屋里，这样他就可以看见职员何时来上班了。

克拉特基特先生还没进门就先把帽子摘了，瞬间他就坐在了他的高脚凳上。他立马开始埋头工作了。

“你好啊。”斯克鲁奇用他惯常的声音低吼道，“你一天都到这时候了才来是什么意思啊？”

“我非常抱歉，先生。”克拉特基特先生说道，“我是迟到了。我真的很抱歉。”

“真是如此吗？”斯克鲁奇说道，“是，我想你是感到抱歉。可以的话，往这边走。”

“只是一年这么一次。”克拉特基特先生乞求道，“我不会再犯了。我昨晚太尽兴了，先生。”

“我来告诉你怎么着吧，我的朋友。”斯克鲁奇说道，“对这一类事情，我再也无法容忍了。一点也不能了。你听明白了吗，鲍勃·克拉特基特？因此，我决定要给你加薪。”

鲍勃浑身发抖。他不敢相信自己的耳朵。

“圣诞快乐，鲍勃！”斯克鲁奇万分真诚、一点儿也不掺假地说道，“圣诞快乐，鲍勃，我的伙伴，比之前的每一年都更快乐。我要给你加薪，还要帮助你那苦苦挣扎的家庭。鲍勃·克拉特基特，在你敲下另一个‘i’之前，让我们把火生得更旺一些。”

斯克鲁奇可不只是说得好听，他做得更好。他做到了这一切，甚至更多一些。对并未离世的小蒂姆来说，他成了第二个父亲。他除了是个好雇主之外，还是个好朋友，是整座城市的好朋友。

有些人很乐于看见他的转变。他令他们欢笑，因为他知道欢笑永远是件好事。眼窝那么一皱，尽情地那么一笑，永远是件乐事。他的心都在欢笑，这对他而言就足够了。

幽灵再也没有拜访过他。人们总说他一年到头都把圣诞的这股劲头带到生活中去。但愿我们所有人都能如此，我们所有人。当然啦，就像小蒂姆所说的，上帝保佑我们，保佑我们每一个人！

Table of Contents

CHAPTER

1

Marley's Ghost

Marley was dead. There is no doubt about that. The register of his burial was signed by the clergyman, the clerk, the undertaker, and the chief mourner. Even Scrooge had signed it.

Old Marley was dead as a doornail.

Scrooge knew he was dead? Of course, he did. How could it be otherwise? Scrooge and he were partners for I don't know how many years. Scrooge was his sole administrator. His sole friend. His sole mourner. But, even Scrooge wasn't sad at Marley's funeral.

The mention of Marley's funeral brings me back to the beginning. Marley was dead. If you don't believe that, then nothing wonderful can come of the story I am about to tell.

Scrooge never painted over Marley's name. There it stood, years afterward, above the warehouse door: Scrooge and Marley. Sometimes people new to the business called Scrooge *Scrooge*. Sometimes they called him *Marley*. It didn't matter. He'd answer to both names. It was all the same to him.

Oh! But Scrooge was a tightfisted hand at work. He was a squeezing, wrenching, grasping, clutching old sinner. The cold within him froze his old features. It nipped his pointed nose and shriveled his cheek. It stiffened his gait. It made his eyes red and his thin lips blue.

A frosty ice was on his head, eyebrows, and wiry chin. He carried his own low temperature about with him. He iced his office in the dog days and didn't thaw it one degree at Christmas.

No warmth could warm him. No wintry weather could chill him. No wind that blew was bitterer than he. Scrooge was fouler than the foulest weather.

Nobody ever stopped him in the street to ask

in happy voices, "My dear Scrooge, how are you? When will you come to see me?" No beggars asked him for anything. No children asked the time. Even the blind men's dogs appeared to know him. When they saw him coming, they tugged their owners into doorways. But what did Scrooge care? It was the very thing he liked.

Once upon a time, on Christmas Eve, old Scrooge sat in his countinghouse. It was bitter outside. He could hear people in the outside court stamping their feet upon the pavement to get warm.

Although it was only three o'clock, it was already dark. The entire day had been dark and dank. Candles flickered in the windows. The fog was so thick that you couldn't make out the houses across the street. They were mere phantoms.

The door of Scrooge's countinghouse was open. He wanted to keep an eye on his clerk. Scrooge had a small fire but the clerk's fire was much smaller. It was so much smaller that it was almost out.

The clerk couldn't replenish his fire because Scrooge kept the coal box in his own room. What choice did the clerk have but to put on his white comforter and try to warm himself with a candle?

"A merry Christmas, Uncle! God save you!" cried a cheerful voice. It was the voice of Scrooge's nephew.

"Bah!" said Scrooge. "Humbug!"

"You don't mean that, Uncle," said his nephew.

"I do!" said Scrooge. "Merry Christmas? What right have you to be merry? You're poor enough."

"Come then," said the nephew happily. "What right do you have to be so dismal? You're rich enough."

Scrooge had the only answer he could think of. "Bah, humbug!"

"Don't be angry, Uncle."

"What else can I be when I live in a world of fools? Merry Christmas! What's Christmas to you but a time for paying bills without money? A time for finding yourself a year older. A time for balancing the books. If I had my way, everyone who wished a merry Christmas would be boiled in his or her own pudding. Then he'd be buried with a stake of holly through his heart."

"Uncle!" pleaded the nephew.

"Nephew!" Scrooge shot back. "Keep Christmas in your own way and let me keep it in mine. What good has Christmas ever done you?"

"Keep it?" repeated Scrooge's nephew. "But you don't keep it."

"Let me leave it alone, then," said Scrooge.

"Christmas is a good time. A kind, forgiving, charitable, pleasant time. The only time I know of all year when men and women open their hearts freely and help those below them. Although it has never put a scrap of gold or silver in my pocket, I believe it has done me good. It will do me good. I say, God bless it!"

The clerk applauded. When he sensed Scrooge's disgust, he poked the fire and extinguished the last frail spark forever.

Scrooge glared at the clerk. "Let me hear one more word from you and you'll lose your job forever." He turned toward his nephew. "You are quite a powerful speaker. I wonder why you don't go into Parliament."

"Don't be angry, Uncle. Come! Dine with us

tomorrow," the nephew pleaded.

Scrooge refused.

"But why, Uncle?"

"Why did you get married?" asked Scrooge.

"Because I fell in love," answered his nephew.

"Because you fell in love!" growled Scrooge as if that were even more ridiculous than a merry Christmas. "Good afternoon!"

"Uncle, you never came to see me before that happened. Why give it as a reason for not coming now?" the nephew asked.

"Good afternoon," said Scrooge.

"I want nothing from you," said the nephew. "I ask nothing of you. Why can't we be friends?"

"Good afternoon!" said Scrooge.

"I am sorry, with all my heart, to find you so stubborn. We have never had a fight. But I have made this yearly journey in honor of Christmas. I'll keep my Christmas humor to the end. So, Merry Christmas, Uncle!"

"Good afternoon," said Scrooge.

"And Happy New Year!" said the nephew.

His nephew left the room without an angry word. He stopped to wish good tidings to the clerk. Despite how cold the clerk was, he was much warmer than Scrooge and returned the glad tidings.

"There's another fellow," muttered Scrooge, who overheard the clerk. "My clerk, with fifteen shillings a week, a wife, and a family, talking about a merry Christmas? Ha!"

This clerk, in letting Scrooge's nephew out, let two people in. They were chubby gents who stood with hats off. They carried books and papers and bowed to Scrooge.

"Scrooge and Marley's, I believe," said one of the men, referring to his list. "Have I the pleasure of addressing Mr. Scrooge or Mr. Marley?"

"Mr. Marley has been dead for seven years," replied Scrooge. "Seven years this very night."

"We have no doubt his kindness is well represented by his surviving partner," said the gentleman. He presented his credentials.

Marley and Scrooge had been two kindred spirits. At the ominous word, *kindness*, Scrooge frowned. He shook his head and handed the credentials back.

"At this festive time of year, Mr. Scrooge," said the gentleman holding a pen,"it's desirable to help the poor who suffer greatly. Many thousands are in need of common comforts, sir."

"Are there no prisons?" asked Scrooge.

"Plenty of prisons," said the man, laying down the pen.

"And workhouses?"

"They are still here," said the man. "I wish I could say they weren't."

"A few of us are raising funds to buy the poor some meat and drink and means of warmth. We choose this time since glad tidings abound. How much shall I put you down for?" asked the second man.

"Nothing!" Scrooge replied.

"You wish to remain anonymous?" the man asked.

"I wish to be left alone," said Scrooge. "I don't make merry myself at Christmas. I can't afford to make others merry. I support the workhouses and prisons. They cost enough. Let them go there."

"Many can't go there. Most won't go. Many would rather die than to go to such places."

"If they rather die, let them," said Scrooge. "They had better do it and decrease the surplus population."

Seeing clearly that Scrooge was not a generous man, the men left. Scrooge was happy to see them off.

Meanwhile, the fog and darkness thickened. Even the ancient church bell that peeped slyly down at Scrooge became invisible. The cold became intense.

In the corner of the court, laborers repaired gas pipes. They lit a great fire where ragged men and boys gathered to keep warm. All were merry as they passed and jostled on the streets. Some sang songs to those who walked by. One young lad stooped at Scrooge's keyhole to sing him a carol.

"God rest you, merry gentleman,
May nothing you dismay."

At the first note, Scrooge grabbed his ruler with such force that the singer fled in terror.

Finally, the hour came to shut the countinghouse. With ill will, Scrooge dismounted from his stool and snuffed out his candle. He glared at the clerk and put on his hat.

"I suppose you'll want a day off tomorrow?"

"If convenient, sir," Mr. Cratchit replied.

"It's not convenient," said Scrooge. "It's not fair. To pay a day's wage for no work!"

"It's only once a year, sir," said the clerk.

"A poor excuse for picking a man's pocket every twenty-fifth of December." Scrooge buttoned his coat up to his chin. "But I suppose you must have the whole day off. Be here all the earlier the next morning."

The clerk promised he would as Scrooge walked away with a growl. The office was closed in a twinkling. The clerk, with his comforter dangling below his waist, went on his way. He stopped in the middle of a group of boys. In honor of it being Christmas Eve, he slid down a slide twenty times.

He then ran home all the while wishing glad tidings to everyone he met.

Scrooge took his dinner in his usual tavern. Having read all the newspapers and clutching his banker's book, he went home. He lived in the very house that once belonged to Marley.

It was a large house full of gloomy rooms. No one lived there but Scrooge. The other rooms were rented out to businesses. The yard was dark. Too dark. Scrooge, who knew its every stone, had to grope with his hands.

Now it is a fact that there was nothing at all particular about the knocker on the door. True, it was large. But that is all. It is also a fact that Scrooge had seen it each day in his comings and goings. It also must be known that Scrooge hadn't thought once of Marley since his last mention earlier that afternoon.

So let any man explain to me, if he can. How did Scrooge, having his key in the lock of the door, see in the knocker, not a knocker, but Marley's face?

Jacob Marley's face! It was not a shadow as the other objects in the yard were. It had a dismal light around it. It was not angry or ferocious but looked as Marley used to look. Ghostly glasses were turned up on his ghostly forehead.

The knocker's hair was messed about. Although the eyes were open wide, they remained motionless. That, and its livid color, made it horrible to look at. Scrooge forced himself to look hard at it once again. It was once more a knocker.

To say that he wasn't startled or that his blood didn't curl, would be untrue. But he put his hand upon the key, turned it, walked in, and lit his candle.

Scrooge paused before he shut the door. He looked cautiously behind the door. He half expected to be terrified with the sight of Marley's pigtail sticking out into the hall. But there was nothing there except the screws that held the knocker on.

"Pooh, pooh," said Scrooge as he closed the door with a bang. The sound of the slamming door echoed throughout the house. Scrooge was not a man to be frightened by echoes. He locked the door and walked up the stairs, trimming his candle as he went.

It wasn't long before Scrooge's eyes played tricks on him again. He thought he saw a hearse traveling up the stairs!

Scrooge rushed into his room and looked about to be sure all was right. Sitting room, bedroom, bathroom—all as they should be. Nobody under the table. Nobody under the sofa. A small fire in the grate and food upon the stove. Nobody under the bed. Nobody in his dressing gown, which was hanging on a hook.

Quite satisfied, Scrooge closed his door and double locked himself in. This secured him against a surprise. He took off his necktie and put on his dressing gown, slippers, and nightcap. He sat down before the fire to eat his gruel.

Scrooge was forced to sit close to the fire as it burned low. The fireplace was an old one built by a Dutch merchant long ago. It was paved all around with quaint tiles depicting scenes from the Bible. Suddenly, Marley's face appeared on a tile.

"Humbug," said Scrooge as he walked across the room.

After pacing a bit, he sat down again. As he threw his head back in the chair, he rested his eyes upon a bell. A bell that he no longer used. Its purpose had been forgotten. As he looked at the bell, it began to swing. It swung softly at first. So softly, it hardly made a sound. But soon, it rang loudly and was followed by every bell in the house.

This might have lasted half a minute but it seemed like an hour. The bells finally stopped as suddenly as they started. They were followed by a clanking noise down below. It was as if someone was dragging heavy chains over the barrels in the wine cellar. Scrooge then remembered to have heard that ghosts in haunted houses often dragged chains.

The cellar door flew open with a booming sound. And then he heard the noise, much louder, on the floors below. The noise came up the stairs and headed straight for his door.

"It's humbug still!" said Scrooge. "I won't believe it!"

His color changed when, without a pause, the ghost came through the heavy door and passed before his eyes. Upon its coming in, the flame from the candle leaped up. It was as though it cried, "I know him! It's Marley's ghost!"

The same face. The very same. Marley! Jacob Marley! In his pigtail, waistcoat, tights, and boots! The chain he drew was clasped in the middle. It was long and wound about him like a tail. Scrooge observed it was made from cashboxes, keys, padlocks, ledgers, and heavy purses twisted in steel. His body was transparent. Scrooge could make out the bed curtain's buttons behind his coat.

"How now?" said Scrooge as cold as ever. "What do you want with me?"

"Much!" said Marley's voice.

"Who are you?" demanded Scrooge.

"Ask me who I was," Marley replied.

"Who were you then?" asked Scrooge, raising his voice.

"In life, I was your partner, Jacob Marley."

"Can you sit down?" asked Scrooge uncertainly.

Scrooge didn't know whether a transparent ghost could sit. But the ghost sat as if it were quite used to it.

"You don't believe me," said the ghost.

"I don't," said Scrooge.

"What evidence do you need?" asked the ghost. "Why do you doubt your senses?"

"Because a little thing could be tricking them, affecting them," Scrooge replied. "You could be a bit of undigested beef. An illness. Humbug. Humbug I tell you."

At this, the spirit raised a frightful cry. He shook his chain with such noise that Scrooge held onto his chair to save from falling. But how much greater was his horror now? The spirit, taking off the bandage round his head, let his lower jaw drop down upon his chest!

Scrooge fell upon his knees. He clasped his hands before his face. "Mercy! Dreadful spirit! Why do you do trouble me? Please tell me why!"

"Man of the worldly mind!" replied the ghost. "Do you believe in me or not?"

"I do," said Scrooge. "I must. But why do spirits walk the earth and why do they come to me?"

"It is required of every man," the ghost said. "The spirit must walk among his fellow man and travel far and wide. If that spirit does not go forth in life, it must do so after death. It is doomed to wander the world. Oh! Woe is me! It must witness what it cannot share but might have shared on earth and turned to happiness."

Again, the ghost let out another cry. He shook his chain and wrung his shadowy hands.

"You are chained," said Scrooge, trembling. "Tell me why the chains bind you."

"I wear the chains I forged in life," replied Marley. "I made it link by link, yard by yard. I fastened it on of my own free will. I wear it of my own free will. Is this strange to you?"

Scrooge trembled even more. His breathing quickened.

"Do you know," said the ghost, "the weight and length of the coil you bear yourself? It was as heavy and as long as this seven years ago. You have labored in it since. It is a bulky chain!"

Scrooge glanced about him on the floor. He expected to see himself surrounded by 300 feet of iron cable. He saw none.

"Jacob!" he cried. "Old Jacob Marley! Tell me more. Speak to me. Console me, Jacob. You must!"

"I have no comfort to give," Marley said. "It comes from other regions, Ebenezer Scrooge. I cannot rest. I cannot stay or linger. Mark me. In life my spirit never roved beyond the narrow limits of our money-changing hole. Weary journeys lie before me."

"Seven years dead and traveling all this time?" asked Scrooge.

"The whole time," said the ghost. "No rest. No peace. Only constant torture of remorse."

"You must have covered a great area of land during those seven years," Scrooge remarked.

The ghost, on hearing this, let out another cry and clanked his chain again. "Look at me! I am captive by chains. Know that regret cannot make amends."

"But you were always such a good man of business, Jacob," said Scrooge. He couldn't stop thinking how this could apply to himself.

"Business!" cried the ghost, wringing his hands again. "Mankind was my business. Charity and mercy were all my businesses."

He held up his chain as if that was the cause of his grief. He flung it heavily upon the ground again. "At this time of year, I suffer most. Why did I walk through crowds with my eyes turned down? I never raised them to that blessed star that led the wise men to the poor home. Were there no poor homes to which its light would have conducted me?"

Scrooge quaked and trembled with the greatest fear yet.

"Hear me!" cried the ghost. "My time is nearly gone. How is it that I appear before you in a shape you can see? I have no clue. I have sat invisible beside you for many a day now."

Scrooge wiped sweat from his brow.

"That is no light part of my penance," Marley said. "I am here tonight to warn you that you have yet a chance. You have hope of escaping my fate. A chance, Ebenezer."

"You were always a good friend to me," said Scrooge. "Thank you."

"You will be haunted," said the ghost, "by three spirits."

"Is that the chance and hope you mentioned?" asked Scrooge.

"It is," Marley replied.

"Then I'd rather not," said Scrooge.

"Without their visits, you cannot hope to shun the path I tread. Expect the first one tomorrow when the bell tolls one."

"Couldn't I take them all at once?" asked Scrooge. "To get it over with?"

"Expect the second on the next night at the same hour. The third, at the stroke of midnight. Look to see me no more. For your own sake, remember what passed between us."

Marley took his bandage from the table and put it around his head. He walked away from Scrooge. With each step backward, the window raised a little.

When the ghost reached it, it was wide open. He beckoned Scrooge to approach.

When they were within two paces of each other, Marley's ghost held up his hand. He warned him to come no closer.

Scrooge stopped in surprise and fear, for he heard noises down below. Wailings and sorrowful sounds were plentiful.

The ghost listened for a minute before joining in. Then he floated out upon the bleak, dark night.

Scrooge followed to the window. Desperate and curious, he looked out. The air was filled with phantoms wandering about and moaning. Every one of them wore chains like Marley's ghost. Some were linked together.

Scrooge had known many of them when they were alive. He had been quite familiar with one old ghost in a white coat and a huge iron safe attached to his ankle. He cried when he was unable to help a woman with an infant.

The misery with them all was clear. They sought the chance to help in human matters but had lost the power forever.

Whether these creatures faded into mist or mist covered them, Scrooge could not tell. But they and their voices faded together. The night had been as it was when Scrooge walked home.

Scrooge closed the window. Then he examined the door that the ghost had entered. It was double locked. The bolts were undisturbed. He tried to say *humbug* but stopped after the first syllable. He went straight to bed without undressing and fell asleep instantly.

CHAPTER 2

The First of the Three Spirits

When Scrooge awoke it was so dark, he wasn't sure what hour it was. He listened for the church bell. He was astonished when it went from five to six. Six to seven. Seven to eight. Up to twelve. Twelve!

It was past two when he went to bed. The clock was wrong. An icicle must have gotten into the cranks. It was wrong! Twelve?

"Why, it isn't possible," said Scrooge. "Could I have slept through a whole day and into another night? Could something have happened to the sun? Could this be twelve noon?"

The idea alarmed him. He scrambled out of bed

and ran to the window. He rubbed off the frost with his sleeve. Even then, he could see very little. It was cold and dark out there. No noise of people running about was heard. It surely must be night. Night!

Scrooge went to bed again. Although he thought and thought, he could make no sense of it. The more he thought, the more perplexed he was. The more he tried not to think, the more he thought.

Marley's ghost bothered him a great deal. Every time he convinced himself that it was all a dream, his mind questioned him.

Scrooge lay thinking of this when the clock struck three quarters more. He suddenly remembered that the ghost had warned him of a visitation when the clock struck one. He resolved to stay awake until the hour passed.

Those next fifteen minutes were long. So long that he tried to convince himself that he dozed off and missed the clock. Finally, he heard it.

"Ding, dong!"

"A quarter past," said Scrooge, counting.

"Ding, dong!"

"Half past," said Scrooge.

"Ding, dong!"

"A quarter to it," said Scrooge.

"Ding, dong!"

"The hour itself," said Scrooge triumphantly. "Nothing else!"

He spoke too soon. As the hour bell rang, lights flashed upon the room. The curtains were drawn.

Those curtains, I tell you, were drawn aside by a hand! A hand! Scrooge found himself face-to-face with an unearthly visitor. He was as close to him as I am now to you.

It was a strange figure. Like a child, yet like an old man as well. Its proportions were that of a child's. Its hair, which hung down its back, was white like an old man's. Yet the face had no wrinkles. The arms were long and muscular. The hands the same. The legs were strong as well. It wore a white tunic and was bound by a belt. It held a branch of fresh, green holly in its hand. In contrast to the wintry seeds, its dress was trimmed with summer flowers.

But the strangest thing about it was that its head

was crowned by a bright, clear jet of light. It held a cap under its arm.

Then Scrooge noticed its body parts. They vanished before coming back to focus. One leg would vanish and twenty more would come in its place. Then a pair of legs with no head. Then just a head with no body. It was all so odd. Quite strange!

"Are you the spirit, sir, whose coming was foretold to me?" asked Scrooge.

"I am!" said the spirit with a voice that was soft and gentle.

"Who and what are you?" Scrooge demanded.

"I am the Ghost of Christmas Past."

"Long past?" asked Scrooge. He noticed his short height.

"No. Your past."

Scrooge begged the ghost to put his cap over his bright, illuminated head.

"What?" yelled the ghost. "Why would you put out the light I give? It is not enough that you are one of those who forced me to wear it low on my brow for years?"

Scrooge claimed he never meant for anyone to cover his brow. Then he boldly asked what business brought him here.

"Your welfare brought me here!" said the ghost. It put out its strong hand and clasped Scrooge gently by the arm. "Rise and walk with me!"

Scrooge could have protested. He could have said that his bed was warm. Or he was wearing only slippers on his feet. Just a dressing gown and a nightcap for clothes. He could have said that the temperature was far too cold. But he found the spirit's clasp was not to be resisted. The spirit made its way to the window.

"I am a mortal," said Scrooge. "I will fall."

The spirit put its hand on Scrooge's heart. "My hand will uphold you."

As the words were spoken, Scrooge and the spirit passed through the wall. They stood on an open country road. The city had disappeared. The darkness and mist disappeared along with it. Now it was a clear, cold, wintry day. Snow was heaped upon the ground.

"Good heavens!" said Scrooge, clasping his hands together. "I was born in this place. I was a boy here!" Scrooge became aware of a thousand odors in the air. Each one connected with a thousand thoughts, hopes, joys, and cares long forgotten.

"Your lip is trembling," said the ghost. "And what is that upon your cheek?"

Scrooge muttered with an unusual cracking in his voice, "A pimple." He then begged the ghost to lead him.

"You remember the way?" asked the spirit.

"Remember it?" cried Scrooge. "I could walk it blindfolded."

"Strange that you have forgotten it for so many years," observed the ghost. "Let's go on."

They walked along the road. Scrooge recognized every gate, post, and tree. Finally, a little market town appeared in the distance. He could see the bridge, the winding river, and ponies trotting toward them. Boys rode upon their backs.

The boys laughed and shouted to each other. The air was filled with their merry music.

"These are shadows of the things that have been," said the ghost. "They have no awareness that we're here."

The boys rode by. As they did, Scrooge could name each one! Why was he happy beyond anything to see each one? Why did his cold eyes glisten and his heart leap up as they passed? Why was he filled with gladness when he heard them wish each other Merry Christmas? What was a merry Christmas to Scrooge? What good had it ever done him?

"The school is not deserted," said the ghost. "A child, neglected by his friends, is left inside."

Scrooge said he knew it. He sobbed.

They soon approached a mansion of dull red brick. A weathered cupola on the roof supported a bell hanging from it. It was a large, damp house. The windows were broken. The gates decayed. Chickens clucked in the stables. The sheds and coach houses were overrun with grasses. Once inside, the rooms were nearly empty. There was a chill in the place.

Scrooge and the ghost went across a hall to a door at the back of the house. It opened before them and showed a row of desks. At one, a lonely boy was reading near a feeble fire. Scrooge sat down near him and wept to see his poor, forgotten self as he used to be.

Without an echo in the house or a noise outside, the silence fell upon Scrooge with such sadness. His tears flowed freely.

The spirit touched him on the arm. He pointed to his younger self, who was intent upon his reading.

Suddenly a man in foreign garments stood outside the window. "Why, it's Ali Baba!" Scrooge exclaimed in ecstasy. "Yes! I know. When this child was left here all alone, many of his book friends appeared."

Young Scrooge spoke excitedly about Robinson Crusoe and his parrot. "Kings, princesses! Look! There goes Friday running for his life to the little creek."

With pity, Scrooge looked at his former self. "Poor boy!" he cried again.

"I wish ... ," muttered Scrooge. He didn't finish his thought. He put his hand in his pocket and looked about him. He rubbed his eyes dry. "It's too late now."

"What troubles you?" asked the spirit.

"Nothing," said Scrooge. "Nothing. There was a boy singing a Christmas carol at my door last night. I would have liked to give him something. That's all."

The ghost smiled thoughtfully. He waved his hand. "Let's see another Christmas!"

Scrooge's former self grew larger at the words. The room became a little darker and a little dirtier. The panels shrunk. The windows cracked. Fragments of plaster fell out of the ceiling. How this was brought on, Scrooge knew no more than you do. He only knew that it was quite correct.

Everything had happened and looked like it had many years before. There he was alone again when all the other boys traveled home for the jolly holidays.

He was not reading now. Instead, he was pacing up and down the floor. Scrooge looked at the ghost and mournfully shook his head. He glanced anxiously toward the door.

It opened. A little girl, much younger than the

boy, darted in. She threw her arms around his neck and called him her "dear, dear brother."

"I have come to bring you home, dear brother!" said the child. She clapped her tiny hands. "To bring you home!"

"Home, little Fan?" asked the boy.

"Yes!" said the child. "Home for good. Home for ever and ever. Father is so much kinder now. Home is like heaven! He spoke to me so gently one night. So gently that I wasn't afraid to ask him if you might come home. He said yes! He sent me in a coach to bring you home. We're going to have the merriest time in all the world."

"You are quite a woman, little Fan!" said the boy.

She clapped her hands and laughed. Then she dragged him toward the door. A terrible voice cried out in the hall, "Bring down Master Scrooge's box." It was the schoolmaster! He glared at Scrooge, but Fanny bid him a quick good-bye. They were off at last!

"Always so delicate a creature," said the ghost. "But she had a large heart."

"So she had," cried Scrooge. "You're right. A huge heart."

"She died a woman. But she had children, I believe."

"One child," said Scrooge.

"True," said the ghost. "Your nephew."

Scrooge seemed uneasy. He answered softly, "Yes."

Although they had just left the school a minute before, they were now in a busy street. It was easy to see by the store windows that it was Christmastime again. It was evening. All the shops were lit up.

The ghost stopped at a certain warehouse door. "Do you know where we are?"

"Know it!" said Scrooge. "I was apprenticed here!"

They went in. At the sight of an old gentleman in a wig, Scrooge cried out in great excitement.

"Why, it's old Fezziwig! Bless his heart! It's Fezziwig alive again."

Old Fezziwig laid down his pen. He looked at the clock. He rubbed his hands and called out, "Yo ho, there! Ebenezer! Dick!"

Scrooge's former self, now a grown young man, came in followed by his fellow apprentice.

"Dick Wilkins!" said Scrooge to the ghost. "Bless him! Yes! That's him. He was quite attached to me. Poor Dick. Dear, poor Dick!"

"My boys," said Fezziwig. "No more work tonight. It's Christmas Eve! Let's put the shutters up."

You wouldn't believe how fast those shutters went up! Once finished, Fezziwig shouted, "Let's clear the way, my lads!"

Within a minute, every movable was packed off. The floor was swept. Fuel was heaped upon the fire. The warehouse was snug and warm. Within an instant, it was turned into a ballroom!

The fiddler arrived with his music book. Then, Mrs. Fezziwig came in. Her smile glowed. The door opened to find servants, housemaids, cousins, and bakers all joining in the party.

What a festive evening it was! There was dancing! Everyone shared the finest mince pies and cold roasts.

When the clock struck eleven, the ball broke

up. Mr. and Mrs. Fezziwig took to their stations at either side of the door. As each person left, they shook hands and wished each guest the merriest of Christmases.

When everyone retired but the two apprentices, they did the same to them. When their cheery voices faded, the lads were left to their beds under the counter in the shop.

During the whole scene, Scrooge acted like a man out of his wits. His heart and soul soared in the scene with his former self. He remembered everything. He enjoyed everything. It wasn't until he could no longer see his former self and Dick that he remembered the ghost. When he looked at it, the light upon its head burned clear.

"A small matter," said the ghost, "to make these silly fools so full of gratitude."

"Small!" said Scrooge.

The spirit signed to him to listen to the two apprentices. They were pouring out their hearts in praise of Fezziwig.

The ghost questioned Scrooge. "Fezziwig spent

but a few pounds of your mortal money: three or four perhaps. Is it that much that he deserves this praise?"

"It isn't that," said Scrooge angry at the remark. He sounded more like his former self, not his later self. "It isn't that, Spirit. He has the power to make us happy or unhappy. He can make our hearts light or heavy. Say that his power lies in words and looks. The happiness he gives is quite as great as if it costs a fortune."

He felt the spirit's glance and stopped.

"What's the matter?" asked the ghost.

"Nothing particular," said Scrooge.

"Something I think."

"No," said Scrooge. "No, not really. I just wish I could say a word or two to my clerk just now. That's all."

His former self turned down the lamps. Scrooge and the ghost once again stood side by side in the open air.

"My time grows short," said the spirit.

Those words produced an immediate effect. For

again, Scrooge saw himself. He was older now. A man in the prime of his life. His face didn't yet show the years of wrinkles it carried now. He was not alone. By his side, a young woman was crying.

"It matters little," she said softly. "To you very little. You fear the world too much. You crave money too much. It's too important to you."

"I'm not changed toward you," said the man.

She shook her head. "Are you not? Our contract was an old one when we were content with what we had. When it was made, you were another man."

"I was just a boy," he said impatiently.

"I can't stay with you. I can't marry you. You are too changed. Too concerned with worldly things." She turned to walk away. "May you be happy in the life you have chosen."

Scrooge remembered all too well the sadness he felt that day. "Spirit! Take me away from this. Show me no more. Why do you delight in torturing me?"

"One shadow more," said the ghost.

"No more!" cried Scrooge. "No more. I do not wish to see any more."

But the ghost insisted. Soon they were in another place. A room. It was not very large or handsome, but it was full of comfort. Near to the fire sat a beautiful young girl. Scrooge believed it to be the same girl he was to marry. Then he saw the woman seated across from her. Now, she was a comely matron.

The noise was high, for there were three children in the room. No one seemed to care about the noise. Contrary, the mother and daughter seemed to enjoy it.

A knocking at the door was heard. Their father stood before them. His hands were full of presents. The shouts of wonder and delight rang out with each present opened. When it became quieter, the father sat down with the daughter and mother.

"Belle," said the husband with a smile. "I saw an old friend of yours today."

They both laughed at the same time and shouted, "Scrooge!"

"Mr. Scrooge it was," said the husband. "I passed his office window. He had a candle burning. I could hardly help seeing him. His partner lies near death.

Yet he sits alone there. Quite alone in the world, I do believe."

"Spirit," said Scrooge in a broken voice, "remove me from this place!"

"I told you these were shadows of the things that have been," said the ghost. "They are what they are. Do not blame me."

"Remove me," said Scrooge once more. "I cannot bear it. Not another second can I take."

He turned upon the ghost. "Leave me! Take me back! Haunt me no longer!" Scrooge observed that his light was burning extra bright. He felt it was, in some way, influencing him. He seized the cap and pressed it down upon the spirit's head.

The spirit dropped beneath it so that the cap covered its whole form. No matter how hard Scrooge pressed it down, it could not hide the light that streamed from under it.

Scrooge was aware of feeling exhausted. He saw he was back in his own bedroom. He gave the cap one last parting squeeze. Finally, his hand relaxed. He fell into bed and sank into a heavy sleep.

CHAPTER

3

The Second of the Three Spirits

Scrooge woke up right in the middle of a snore. He needed no one to tell him that the bell was about to strike one. He awoke in the nick of time. For this time, he wished to confront the spirit the moment it appeared. He didn't want to be taken by surprise and become nervous.

Scrooge was prepared for a strange appearance to occur before him. Nothing between a baby and a rhinoceros would have surprised him much.

Now, being prepared for almost anything, Scrooge was not prepared for nothing. So, when the bell struck one and no shape appeared, his body trembled.

Five minutes. Ten minutes. A quarter of an hour went by. Yet nothing came. All this time Scrooge lay on his bed. His bed was in the middle of a blaze of light. The light streamed upon it when the clock struck the hour. Although it was only light, Scrooge found it as alarming as a dozen ghosts since he didn't know where the light came from.

After a while, he began to wonder about the source of the light. Could it come from the adjoining room? He got up softly and shuffled in his slippers to the door.

The moment Scrooge's hand was on the lock, a strange voice called him by name. It told him to enter. He obeyed.

It was his own room. There was no doubt about that. But it had undergone a surprising transformation. The walls and ceiling were hung with living greens of hollies, mistletoe, and ivies. Heaped on the floor was a sort of throne made of turkeys, geese, chickens, pigs, mince pies, and sausages of all sorts. Juicy oranges, luscious pears, and bowls of punch towered high. Upon this throne sat a jolly giant. It had a glowing torch and held it up high to shed its light on Scrooge.

"Come in," said the ghost. "Come in and know me better."

Scrooge entered timidly and hung his head before the spirit. He was not the stubborn Scrooge he had been. Although the spirit's eyes were clear and kind, Scrooge didn't want to see them.

"I am the Ghost of Christmas Present," said the spirit. "Look at me!"

Scrooge obeyed once more. It was clothed in one simple, deep green robe trimmed in white fur. On its head, it wore only a holly wreath with shining icicles. Its dark brown curls were long and flowing. It had sparkling eyes, open hands, and a cheery voice. A joyful air surrounded it.

"Have you ever seen the likes of me before?" the spirit asked.

"Never," said Scrooge. "Bring me where you will. I went forth last night and learned a lesson. It's working now. Tonight, if you have to teach me, let me learn from it."

"Touch my robe!" commanded the spirit.

Scrooge did as he was told.

All the food that made up the throne vanished. So did the room, the fire, and the glow. Scrooge and the spirit were now on the city streets on Christmas morning.

There was music in the air as the men scraped the snow from the sidewalks. The sky was gloomy. The chimneys were as black as night. It was as if all the chimneys in Great Britain blazed away to their hearts' content.

There was nothing very cheerful about the town. Yet there was an air of happiness. For the people shoveling away were full of joy. They called out to one another and threw snowballs. The shops were half open. If one peered inside and saw the mountains of pears and grapes, his mouth watered.

The scent of coffees and teas made one's nose grateful. The cinnamon sticks were long and straight. It was a hectic scene inside as the shoppers lost sight of their baskets and jostled about. The shopkeepers kept peace with their polished hearts.

Soon the steeples called the good people to the churches and the chapels. The people flocked through the streets dressed in their finest clothes.

At the same time, many people emerged from nameless streets and dark corners. They carried their dinners to the bakers' shops. The sight of the poor appeared to interest the spirit very much. It stood in a baker's doorway with Scrooge beside it.

As the poor passed, the spirit took off the covers of their plates and sprinkled incense on their dinners from his torch.

Scrooge noticed it was a very odd torch. When angry words passed between some dinner carriers, the spirit shed drops of water on them from the torch. Their good humor and friendly faces returned at once. Then, they said it was a shame to fight on Christmas Day. And so it was! God love it! So it was!

In time, the bells stopped and the bakers' shutters closed. The poor smiled as they cooked their meals above each baker's oven. The pavements smoked as if the stones were cooking, too.

"Is there a particular flavor you sprinkle from your torch?" asked Scrooge.

"There is," said the spirit. "My own."

"Would it apply to any kind of dinner on this day?" asked Scrooge.

"To any, but a poor one most."

"Why to a poor one most?" asked Scrooge.

"Because it needs it most."

They moved on, invisible as before, into the suburbs of the town.

Perhaps it was the generous, kind nature of the spirit and its sympathy with the poor that led them to the house of his clerk. The spirit took Scrooge right to the door of Bob Cratchit's house. It blessed the home and sprinkled water from its torch upon it.

To think! The Ghost of Christmas Present would bless this four-room house!

Mrs. Cratchit was inside preparing Christmas supper. Scrooge noticed her dress was old. Although shabby, it was adorned with new ribbons. It was a dress made with the help of Belinda Cratchit, the second of her daughters. Belinda's dress also bore woven ribbons to make the dress come alive once more.

Master Peter Cratchit plunged a fork into the saucepan of potatoes. He was wearing his father's shirt. It was many sizes too large for young Peter. But the size didn't matter to him. He felt honored to be dressed so fancy on this special day.

The two smaller Cratchits, a boy and a girl, came running in from the cold. They said they had smelled the goose cooking as they approached. Knowing it was their goose simmering in the oven made them run home with greater speed.

The young Cratchits danced around the table while Peter tended to the potatoes. Peter blew the fire until the potatoes, bubbling up, knocked loudly at the saucepan lid. They begged to be let out and peeled.

"What has your precious father tied up?" said Mrs. Cratchit. "And your brother, Tiny Tim? And Martha is late on Christmas Day by a half hour!"

"Martha is here, Mother," said Martha as she appeared in the doorway. Her face glowed.

"Here's Martha, Mother," cried the two young Cratchits. "Hurray! There's such a goose for us to eat, Martha!"

Mrs. Cratchit moved toward Martha. She kissed her cheeks a dozen times while removing her shawl and bonnet. "Why bless your heart, my dear. You're home at last! Hurrah!"

"We had so much work to finish last night," said the girl. "And we had to clear what was left for today." She kissed her mother's cheek. "It's good to be home. To be home at last!"

"Well," said Mrs. Cratchit, "never mind the work. So long as you are now home with us. Come and sit before the fire and get warm. May God bless you."

"Look, look!" shouted the two younger Cratchits. "Father's coming! Hide, Martha! Hide! What a surprise you will be!" They jumped up and down at the thought of this surprise.

So Martha played the game. She hid as the door opened.

Mr. Cratchit took off the comforter that had warmed him so. He draped it over a chair by the fire. His clothes were worn and tattered. But Mrs. Cratchit had darned and brushed them to make them look seasonable. Tiny Tim sat upon his father's shoulder. He bore a small crutch and had his legs supported by an iron frame.

"Why, where's our Martha?" asked Mr. Cratchit, looking around.

"Not coming," said Mrs. Cratchit.

"Not coming?" said Mr. Cratchit, looking sad. "Not coming on Christmas Day?"

Martha didn't like to see her father disappointed even if it were only a joke. She came out from behind the closet door and ran into Mr. Cratchit's arms. It was a joyous reunion. The two younger Cratchits hustled Tiny Tim into the washroom.

"How did little Tim behave?" asked Mrs. Cratchit after Mr. Cratchit had hugged his daughter to his heart's content.

"As good as gold," said Mr. Cratchit. "Better than good as gold. He sits alone so much thinking of the strangest things. Coming home he told me that he hoped the people saw him in the church. Because he was a cripple, he hoped the people would remember who it is that makes lame beggars walk and the blind men see."

Mr. Cratchit's voice cracked when he said this. He wiped away a small tear. "Our boy's getting stronger and heartier. Stronger and heartier by the day!"

Soon Tiny Tim's crutch was heard upon the floor as he joined the others around the fire.

At last, the dishes were set upon the table and grace was said. When the goose was sliced, the Cratchit children beat on the table with their knife handles and shouted, "Hurrah!"

The goose was perfect. Applesauce and mashed potatoes rounded out the dinner. It was a small dinner but one that filled their bellies. Soon the plates were changed out by Belinda as Mrs. Cratchit left the room. She had pudding on her mind! Only pudding!

Mrs. Cratchit had spent a great deal of time fretting over the pudding. "What if it's not enough? What if it's not done enough? Suppose I should break it when I turn it out?" All sorts of horrors were supposed.

But Mrs. Cratchit's pudding turned out fine. Better than fine!

"A most wonderful pudding!" said Mr. Cratchit. He thought it was one of her greatest cooking achievements to date.

"I was worried I used too much flour," confessed Mrs. Cratchit.

Really, it was so fine that she shouldn't have worried one bit. Everyone had something to say about the glorious pudding. But nobody dared say that it was such a small pudding for such a large family. Any Cratchit would have blushed at the mere mention of such a thing.

At last the dinner was all done. The dishes were cleared. The hearth was swept and the fire was stoked. Apples and oranges were placed upon the table. A shovelful of chestnuts were heaped upon the fire. Then the Cratchit family sat around the hearth. At Mr. Cratchit's elbow stood a jug, two glasses, and a custard cup without a handle.

The glasses were just as good as any golden goblets they could have had. *Even better*, thought Mr. Cratchit. He poured the liquid from the jug into the glasses while the chestnuts on the fire sputtered and cracked noisily. Then Mr. Cratchit made a toast.

"A Merry Christmas to us all, my dears. God bless us!"

The entire family echoed the sentiments.

"God bless us, every one," said Tiny Tim, the last of all. Mr. Cratchit held his withered little hand in his own. He held it tightly. It was as if he never wanted little Tim gone from his side.

"Spirit," said Scrooge with an interest he had never felt before, "tell me if Tiny Tim will live. Does he live?"

"I see an empty seat," replied the ghost. "In the poor chimney corner. There's a crutch without an owner as well. If these shadows remain unaltered by the Future, the child will die."

"No! No!" Scrooge screamed. "Oh no, kind Spirit. Say he will be spared. Please tell me he'll be spared. He's just a young lad."

The spirit spoke once more, "If these shadows remain unaltered by the Future, he will die. If he does die, he better do it soon and decrease the surplus population."

Scrooge hung his head low when he heard his own harsh words quoted by the spirit. He was overcome with sadness, regret, and grief.

"Man," said the ghost,"who are you to decide who shall live and who shall die? In Heaven, you are more worthless and less fit to live than millions like this poor man's child."

Trembling, Scrooge bent before the spirit and cast his eyes toward the ground. But he raised them upon hearing his own name come from the lips of Bob Cratchit.

"Mr. Scrooge," said Mr. Cratchit. "I'll give you Mr. Scrooge. He's the founder of the feast!"

"The founder of the feast indeed," cried Mrs. Cratchit. Her face reddened. "I wish I had him here. I'd give him a piece of my mind to feast upon. I'd hope he'd have a good appetite for it, too!"

"My dear," said Mr. Cratchit. "The children! It's

Christmas Day!"

"It should be Christmas Day, I'm sure, on which one drinks to the health of such a stingy, unfeeling man as Mr. Scrooge. You know he is, Robert. Nobody knows his awful ways more than you. Poor fellow, you are."

"My dear," said Mr. Cratchit, "it's Christmas Day."

"I'll drink to his health for your sake as well as the day's sake," said Mrs. Cratchit. "But not for his sake. Long life to him. A merry Christmas and a happy new year. He'll be very merry and very happy, no doubt."

The children drank the toast after her. There was no heartiness in it. Tiny Tim drank last and didn't care for the drink at all. Scrooge was the troll of the family. The mere mention of his name cast a dark shadow on the party.

After five minutes, the festive mood returned. Mr. Cratchit brightened the mood with news that he might have found young Peter a job. A job that paid a full five and six-pence weekly! The younger

Cratchits laughed when they thought of Peter as a man of business.

Soon, under the crackling and popping of the chestnuts, the family started to sing Christmas carols. They sat singing as they continued to warm themselves around the fire.

There was nothing truly grand about this scene. They were not a handsome family. Not at all well dressed. Their clothes were tattered. Their shoes were far from being waterproof. Their table was often empty. But they were happy. Grateful for what they did have. Content with one another.

When they faded from Scrooge, they looked happier yet in the bright sprinklings of the spirit's torch. At parting, Scrooge had his eye upon them, especially Tiny Tim.

By this time, it was getting dark. The snow fell heavily as Scrooge and the spirit walked along the streets. As they looked in windows, they could see preparations for cozy dinners taking place.

No matter where the ghost walked, people felt its generous spirit. They came alive with glad tidings. Even the lamplighter, who planned to dot the dusky streets with specks of light all night long, laughed aloud as the spirit passed him.

And now, without a word of warning from the ghost, they stood upon a bleak moor.

"What place is this?" asked Scrooge.

"A place where miners live. They labor in the depths of the earth. The deepest, darkest places. But look! They know me! See!"

Scrooge walked toward a light. It shone from the window of a hut. Passing through the wall of mud and stone, they found a cheerful group. Many generations sat together singing Christmas songs. All found a warm smile for each other as they huddled closely to stay warm.

But the spirit did not stop here. It told Scrooge to hold its robe, and they continued on. They soon found themselves out to sea. Scrooge's ears were deafened by the thundering of water. It raged and roared among the dreadful caverns it had made.

Built upon a dismal reef of sunken rocks stood a single lighthouse. Great heaps of seaweed clung to its base. Storm birds rose and fell about it. But even here, two men who watched the light had made a fire and wished each other a merry Christmas. The older one, with his face damaged and scarred with hard weather, sang a sturdy song of Christmas cheer.

Again the ghost and Scrooge sped on above the black, heaving sea. They stopped on a ship and stood beside the helmsman at the wheel. The sea life was a rough one, yet each man had good thoughts for others this particular day. All shared in, to some extent, the festivities of the day. Each remembered someone they cared for in the distance. Every one of them was delighted and comforted to know that someone cared for them as well.

Scrooge thought, *How dark and lonely this life must be. Yet these men are happy. They thought only of bringing happiness to others.*

In an instant, he was surprised to hear a hearty laugh. He was even more surprised to find the laugh belonged to his nephew. He looked around and he found himself in the bright, gleaming room of his nephew's home.

"Ha, ha!" laughed Scrooge's nephew. "Ha, ha, ha!"

If you should happen to know a man more blessed in laugh than Scrooge's nephew, I should like to know him. There is nothing in the world as contagious, not even a disease, as laughter and good humor. When Scrooge's nephew laughed in this way, holding his sides and twisting his face into strange contortions, everyone around him laughed.

"He said Christmas was a humbug! Can you believe that?" cried Scrooge's nephew. "And he believed it, too! He actually meant it!"

"More shame for him, Fred," said his wife.

Scrooge took note of his niece by marriage. She was very pretty. She had the sunniest eyes he ever saw.

"He's a comical old fellow," said Fred. "That's the truth. He's not as pleasant as he could be. However, his offenses carry their own punishment, don't they? I have nothing to say against him. Not a word."

"I'm sure he is very rich," said Scrooge's niece.

"At least, that's what you always tell me."

"What of that, my dear?" asked Fred. "His wealth is of no use to him. He doesn't do any good with it. He doesn't make himself comfortable with it. He hasn't any satisfaction in thinking that he is ever going to benefit us with it."

"I have no patience with him," said Scrooge's niece. All the women in the room nodded in agreement.

"Oh, I have!" said Fred. "I am sorry for him. I couldn't be angry with him if I tried. Who suffers because of his ways? Himself always. He takes it into his head to dislike us. He refuses to dine with us. What's the consequence? He misses a great meal and our merry moments. I give him the same invite each year whether he likes it or not, for I pity him.

"He'll always find me in good temper going there on Christmas Eve and saying, 'Uncle Scrooge, how are you?' If it only puts him in the mood to leave his clerk an extra fifty pounds, that's good enough for me. I think I rattled and shook him yesterday."

Now the guests roared with laughter at the

thought of Scrooge being shaken and rattled about.

After the fine meal, they turned to music, games, and tea. Scrooge's niece set upon the harp and played a song. Scrooge recognized it from his childhood at the boarding school. This reminded him of the Ghost of Christmas Past.

When the notes played, all the things that the ghost had shown him came upon his mind. He softened more and more. Perhaps if he had listened to more music like this years ago, he might be a kinder man now. Instead, he followed in Jacob Marley's ways.

Although the guests didn't know it, Scrooge joined in on the songs and games. The ghost was greatly pleased to find Scrooge in such a happy mood. But when Scrooge begged to stay until the last guest left, the spirit told him it was not possible.

The new game would be Scrooge's last, and what a game it was! It was called Yes and No. Scrooge's nephew had to think of something and the guests had to guess what it was by asking questions that would be answered by only a yes or a no.

The questions shot out like rapid fire: Finally, the niece's sister guessed correctly!

"It's your Uncle Scrooooooooge!"

Which it certainly was.

Many objected to Fred's answer of no to "Is it a bear?" because to them, he was.

"He has given us plenty of merriment, I am sure," said Fred. "It would be ungrateful not to drink to his health." He held up his mulled wine. "To Uncle Scrooge."

"Uncle Scrooge!" they all cried.

"Merry Christmas and Happy New Year to the old man wherever he is. He wouldn't take my glad tidings but may he have them anyway," said Fred.

If only the ghost had given him time, Scrooge would have applauded the speech and thanked each one. But the whole scene passed off in the last breath spoken by Fred. The spirit and Scrooge were once again on new travels.

No matter where they visited, they were always met with happy people. In hospitals, jails, street corners, it was all the same. The people's hearts were filled with happiness and gratefulness for what each had. In many cases, they had very little.

When they left another party, Scrooge noticed the graying hair of the ghost. "Are spirits' lives short?"

"My life upon this globe is very short," said the spirit. "It ends tonight."

"Tonight!" cried Scrooge.

"Tonight at midnight," said the spirit. "The time is drawing near."

The chimes were ringing three quarters past eleven at the moment.

"Forgive me for asking," said Scrooge, "but I see something coming from under your robe. Is it a foot? A claw?"

The spirit answered sorrowfully. "Look." It pulled its robe back slowly.

From the foldings of the robe came two wretched, miserable children. They knelt at the spirit's feet and clung to its garment.

They were a boy and a girl. They were ragged, yellow, meager, and scowling. Where graceful youth should have filled their faces, a stale and shriveled hand had twisted their features every which way.

Scrooge stared. He was appalled. He tried to say they were fine children but choked on the words.

"Spirit, are they yours?" Scrooge could say no more.

"They are man's," said the spirit, looking down upon them. "The boy is Ignorance and the girl is Want. Beware of both of them. But most of all, beware of the boy. Look on his brow. The word *doom* is written. Unless the writing can be erased ..."

"Have they no refuge?" asked Scrooge. "No one to help them?"

"Are there no prisons?" said the spirit, turning on him for the last time with his own words. "Are there no workhouses?"

The bell struck twelve.

Scrooge looked about him for the ghost and didn't see it. As the last stroke rang out, he remembered the prediction of old Jacob Marley. Lifting up his eyes, he saw a solemn phantom, draped and hooded, coming like a mist along the ground toward him.

CHAPTER

4

The Last of the Spirits

The phantom slowly, gravely, silently, approached. When it came near him, Scrooge bent down upon his knee. For the very air through which the spirit moved seemed to scatter in gloom and misery.

The spirit was covered in a deep black garment. It concealed everything except one outstretched hand. If not for this hand, it would have been difficult to separate the phantom from the darkness of the night.

The phantom's mysterious presence filled Scrooge with dread. He knew nothing of the spirit, for it neither moved nor spoke.

"I am in the presence of the Ghost of Christmas

Yet to Come?" asked Scrooge.

The spirit didn't answer. It pointed onward with its hand.

"You are about to show me shadows of the things that have not yet happened. But they will happen in time. Is that so, Spirit?"

The upper portion of the phantom's garment contracted for a minute as if the spirit shook its head. That was the only answer Scrooge received.

Although he was used to ghostly company by this time, Scrooge feared the silent shape so much that his legs trembled. He could hardly stand as he prepared to follow it. The spirit paused a moment, as if observing his trembling legs, and gave him time to recover.

This made Scrooge even more scared. It scared him to know that behind the dark covering, ghostly eyes could see Scrooge. But he could see nothing but blackness.

"Ghost of the Future!" he exclaimed. "I fear you more than any ghost I have seen. But I know your purpose is to do me good. And as I hope to live to be a better man than I was, I am prepared to come with you. I will do it with a thankful heart. Will you not speak to me?"

It gave him no reply. The hand was pointed straight before them.

"Lead on!" said Scrooge. "Lead on! The night is moving quickly and the time is precious to me. I am ready. Lead on, Spirit!"

The phantom moved away as Scrooge came toward him. Scrooge followed in the shadow of its dress, which seemed to carry him along.

They soon landed in the heart of the city. It was a scene Scrooge had seen often. Merchants counted their money, hurried up and down the streets, and conversed in groups. Many had been looking at their watches and laughing.

The spirit stopped beside one group of men. Observing that the hand was pointed to them, Scrooge walked forth to hear their talk.

"No," said a great fat man with a huge chin. "I don't know much about it. I only know that he is dead. Dead for sure."

"When did he die?" asked another man.

"Last night, I believe," said the first man. "Yes, last night."

"What was the matter with him?" asked a third. "I thought he'd never die."

"God knows," said the first with a yawn.

"What has he done with his money?" asked a red-faced man.

"I haven't heard," said the man with the large chin. "Left it to his company, perhaps. He hasn't left it to you or me, that I do know."

Everyone laughed at the man's last comment.

"It's likely to be a cheap funeral," said the same man. "I can't think of a single person who will attend it. Suppose we make up a party and volunteer?"

"I don't mind going if lunch is provided," answered someone. Everyone laughed again.

Speakers and listeners strolled away leaving Scrooge perplexed. Scrooge knew the men and looked toward the spirit for an explanation.

The phantom glided on into a street. Its finger pointed to two people meeting. Scrooge listened in again, thinking that the explanation might be with them. He also knew these men. They were wealthy and of great importance. He had always made a point of standing well in their presence. Strictly from a business point of view, of course.

"How are you?" said one.

"How are you?" returned the other.

"I am well," said the first. "Old Scratch has got his own at last, hey? He's gone."

"So I am told," said the second. He looked about. "Cold, isn't it?"

"Seasonable for this time of year. You're not a skater, I suppose?"

That was their meeting from start to finish. Old Scratch and ice skating! This didn't help Scrooge one bit. He was just as confused as before.

At first, Scrooge wondered why the phantom would have him listen in on such silly conversations. But he felt assured they must mean something. They couldn't possibly have anything to do with Jacob Marley's death. For that was the past and this ghost was the future. Nor could he think of anyone connected with himself who could be connected to them.

Scrooge resolved to treasure each word he heard and everything he saw. He especially vowed to observe the shadow of himself when it appeared. He was convinced that his future self would give him the clues he missed.

He looked about in his very place of work for the shadow of his future image. Though the clock pointed to the usual time of day for his being there, he saw no likeness of himself.

Rather, another man stood in his place.

Quiet and dark beside him stood the phantom with its outstretched hand. Scrooge shuddered to think the phantom stared at him. He felt cold and shivery.

They left the busy scene and went to an obscure part of town. Scrooge had refused to venture into this part of town in the past. It was filthy. The people were drunken and ugly. It was filled with nothing but crime and misery.

Far into this part of town was a small shop where

old rags, bottles, bones, and wares were bought and sold. Upon the floor were keys, chains, hinges, files, scales, and weights heaped upon each other. Sitting among the mess was a small, gray-haired man nearly seventy years old named Old Joe.

Scrooge and the phantom came upon this man just as a woman with a heavy bundle entered the shop. Then another woman followed and was closely followed by a man in faded black. None were at all startled by the sight of each other. They smiled in a knowing way. All three burst out laughing.

"Let the housekeeper go first. Then, the laundress. The undertaker will be third. You couldn't have met in a better place," said Old Joe, taking the pipe from his mouth. "Come into the parlor."

The parlor was a space behind the screen of rags. The old man stopped to rake the fire and put his pipe back into his mouth.

"What odds," said the first woman. Then she sounded as if she was defending all their actions. "Every person has a right to take care of themselves. He always did."

"True, true," echoed the others.

"A dead man won't care we took these belongings. What would he have done with them? If he had been a nice man, someone would have looked after him at his death. But this is what he gets."

"He deserves worse," said the undertaker. "Much worse. Let's open our bundles and show what we took from him."

They revealed many trinkets that they had stolen from the dead man. Old Joe took note of everything and offered each a fair sum for the trinkets. They presented boots, shirts, sugar tongs, silver buttons, the sheets off his bed, blankets, towels, and old-fashioned teaspoons.

Old Joe looked at the blankets. "I hope he didn't die of anything contagious."

"No worries of that," said the housekeeper. "And look at his shirt." She pointed to the undertaker's pile. "So glad we aren't wasting them."

"How would they be wasted?" asked Old Joe.

"Why if we buried him in the shirt and wrapped him in the blanket," said the undertaker. He laughed. "Somebody was fool enough to do it, but I stripped him of them. He doesn't deserve them."

Scrooge was horrified at what he witnessed. He viewed them with disgust.

Then Old Joe produced a flannel bag with money in it. "This is the end of it. He frightened everyone away from him when he was alive to profit us when he died. Ha, ha!"

"Spirit," said Scrooge shuddering from head to foot, "I see. I see. The case of the unhappy man may be my own. My life leans that way now. Merciful me, what is this?"

He recoiled in terror, for the scene had changed. He was near a bed. A ragged sheet lay upon something. He knew something awful was beneath the sheet.

The room was dark—too dark to see clearly. Scrooge looked around anxiously trying to decide what kind of room it was. A pale light fell straight onto the bed. The outline of a man's body could be seen.

Scrooge glanced toward the phantom. Its steady

hand pointed toward the head. The slightest moving of the sheet would uncover the face. This Scrooge did not want to do.

He wondered what would happen if this man could rise now. What would he think? He lay in the dark without a man, woman, or child to grieve. No one cared he was gone. No one but the cat scratching at the door and the rats stirring beneath the hearth begging to be let in. Why were they so restless now? Scrooge didn't dare to think.

"Spirit, get me out of this wretched place. In leaving it, I shall not leave the lesson taught me here," cried Scrooge.

Still, the ghost pointed with an unmoved finger to the head.

"I understand you," said Scrooge. "And I would do it if I could. But I cannot. I do not have the power. If there is anyone in this town who feels sad by this man's loss, I beg of you to show him to me."

The phantom spread its dark robe before him for a moment. When he moved it, he revealed a room in daylight. A woman and her children were inside.

The woman was expecting someone and was anxious. She paced the room. Finally, her husband returned. The man's face was worn. He had the look of living a life full of worries. But there was a gleam in his eye today. A gleam he knew he should repress but couldn't.

He sat down at dinner. When she asked him of the news, he couldn't contain himself. "It is bad news of sorts." He smiled a bit.

"Are we ruined?" asked his wife. She, too, had looked old beyond her years.

"Not yet, Caroline," said the man. "There is hope."

"Only if he relents," she said amazed. "That is our only hope."

"He is past relenting, Caroline. He is dead."

She clapped her hands. She was glad to hear it and was overcome with joy. She begged forgiveness in the next breath, for she felt she had sinned being happy at another's death. Still, she couldn't help show this emotion from her heart.

"I didn't believe what I had heard last night. But

it's true," said the husband smiling. "He is dead."

"Who will our debt be transferred to?" asked Caroline.

"I don't know. But we'll have our money by then. Even if we don't, no successor will be as cruel and unfeeling as he. We may sleep tonight with light hearts, Caroline."

Their hearts were lighter. The children's faces were brighter. What a happy house this had become at the news of a death. The only emotion caused by the event that the ghost could show Scrooge was one of pleasure.

"Please," Scrooge begged. "Please show me some tenderness connected to this death. Or that dark chamber which we just left will always be present to me."

The ghost moved him through several streets. They entered a home he had entered before. It was Bob Cratchit's house. The mother and children were seated around the fire.

All was quiet. How different from the last time he had visited. Peter read from a book as the children listened. Mother and Belinda sewed quietly.

"And he took a child and set him in the midst of them," said Peter.

Where had Scrooge heard those words before? He had not dreamed them. The boy must have read them as he and the spirit crossed the threshold. Why did he not continue on?

The mother laid her work down and covered her eyes. "The color hurts my eyes so."

The color? Oh no! Poor Tiny Tim!

"Father will be home soon," said Belinda. "But I think he walks a bit slower now, Mother." They were quiet again. Mrs. Cratchit spoke a minute later but faltered as she mentioned Tiny Tim's name.

The door opened and Mr. Cratchit came inside. He was cheerful to his family and spoke pleasantly. He looked at the sewing. "Such fine work. You'll be done long before Sunday."

"Did you go today, Robert?"

"I did. It will please you to see how green and lovely it is. I promised him that I will walk again to him on Sunday." Mr. Cratchit started to cry. "My poor, poor child. My little child!"

He broke down all at once. He couldn't help it. When he composed himself once more, he told his family about the kindness of Mr. Scrooge's nephew.

"He was so sincere," Mr. Cratchit said. "So sorry for our loss of Tiny Tim. He said if he could be of help in any way, to let him know. He gave me his house address. It seemed as if he knew our Tiny Tim and truly grieved with us."

"I'm sure he's a good soul," said Mrs. Cratchit.

"I can tell he is. You should hear how people speak of him. A good man indeed." He looked sad once again. "Let us never forget Tiny Tim. Shall we?"

"Never, Father! Never!" the children cried.

"Always think of how patient and kind he was, even though only a small child. Remember his kindness whenever you feel a turn to quarrelling," said Mr. Cratchit.

"Always, Father! Always!" cried the children.

Scrooge looked at the spirit. "I fear our time is short. Please tell me who the man was beneath the sheet." He pointed toward his own house. "Let us go there."

The spirit stopped. His hand pointed elsewhere.

"The house is yonder," Scrooge exclaimed. "Why do you point away from it?"

The finger never moved.

Scrooge hastened to his office window and peeked inside. It was indeed an office but not his. The furniture was different. The man in the chair was not himself. The phantom pointed as before.

He joined the phantom once again. It led him to an iron gate. He paused and looked around before he entered.

A churchyard. Ah! Here the wretched man whose name he had to learn lay underneath the ground. It was a worthy place walled in by houses and overrun by weeds. The spirit stood among the graves and pointed to one.

Scrooge advanced toward it. He trembled.

"Before I get closer to the stone you point at, answer me one question. Are these the shadows of the things that *will* be or are they the shadows of the things that *may* be?"

Still, the ghost pointed down to the grave that stood next to them. Scrooge crept toward it, trembling as he went. Following the finger, he read upon the stone his own name: Ebenezer Scrooge.

"Am I that man who lay upon the bed?" He sobbed and fell to his knees. "No, Spirit! No, no, no! Tell me no, I beg of you!"

The finger was still there.

"Spirit!" he cried as he clutched the robe. "Hear me! I am not the man I was. I will not be the man I must have been. Why show me all of this if I am past all hope?"

For the first time, the hand appeared to shake.

"Good Spirit, your nature pities me. Assure me that I might yet change these shadows you have shown me by an altered life."

The kind hand trembled.

"I will honor Christmas in my heart and try to keep it all year. I will live in the Past, Present, and Future. The spirits of all three shall strive within me. I will not shut out the lessons that they teach.

Oh, tell me I may sponge away the writing on this stone!"

In his agony, he caught hold of the hand. It sought to free itself. The spirit, being stronger, fended him off.

Holding up his hands in a last prayer to have his fate reversed, Scrooge saw the phantom's hood and dress shrink. It then collapsed and dwindled down into the bedpost.

CHAPTER

5

The End of It

Yes, the bedpost was his own! The bed was his own. The room was his own. Best and happiest of all, the time before him was his own. Time to make his amends.

"I will live in the Past, Present, and Future," Scrooge repeated. He scrambled out of bed. "The spirits of all three shall live within me. Oh, Jacob Marley! Heaven and Christmastime be praised for this. I say it on my knees, old Jacob. On my knees!"

His face was wet with tears.

"They are not torn down," cried Scrooge, folding one of his bed curtains on his arms. "They are not torn down at all. They are here. I am here. The shadows of what would have been may be dispelled. They will be. I am certain of it!"

His hands were busy with his garments turning them in and out. "I don't know what to do!" he said, laughing and crying in the same breath. "I'm as light as a feather. I'm as happy as an angel. I'm as merry as a schoolboy. Merry Christmas to everybody! Happy New Year to all the world."

Scrooge had run into the sitting room and was out of breath. "There's the saucepan the gruel was in," cried Scrooge. He looked about. "There's the door that the ghost of Jacob Marley entered. There is the corner where the Ghost of Christmas Present sat. There is the window where I saw the wandering spirits. It's all right. It's all true. It indeed did happen. Ha, ha, ha!"

Really, for a man who had been out of practice for so many years, Scrooge had a splendid laugh.

"I don't know what day of the month it is. I don't know what the month is!" He laughed again. "I have no clue as to how long my time with the spirits had been. I don't know a thing. I am quite the baby.

Never mind! What bother is that? Ha, ha, ha!"

The church steeple rang out. *Ding, dong, bell. Bell, dong, ding. Hammer, clang, clash!* Oh, glorious! Glorious!

Running to the window, Scrooge opened it and stuck out his head. No fog. No mist. Just a clear, bright, happy day. Golden sunlight. Sweet, fresh cold air. Merry bells. Oh, glorious! Glorious!

"What's today?" cried Scrooge, calling down to a boy in his Sunday clothes.

"What?" asked the boy.

"What day is it?" said Scrooge again.

"Why, it's Christmas Day!" he answered.

"It's Christmas Day!" said Scrooge. "I haven't missed it. The spirits have done it all in one night. They can do anything they like. Of course they can. Of course they can!"

"Do you know the butcher in the next corner?" Scrooge asked the boy.

"Yes, I sure do," said the boy.

"An intelligent boy," said Scrooge. "A remarkable boy!" He smiled down at the boy. "Do you know whether they've sold the prize turkey? The one that hung in the window? Not the little turkey. The big one."

"The one as big as me?" asked the boy.

What a splendid lad to talk to, thought Scrooge. "Yes, that's the one, my friend."

"It's still in the window," replied the boy. "I saw it just a few minutes ago."

"Oh wonderful! Wonderful," said Scrooge. "Go and buy it! Tell them to bring it here and I'll give the man direction where to take it. If you come back with the man, I'll give you a shilling. Come back with him in less than five minutes and I shall give you half a crown!"

The boy was off like a shot!

"I'll send it to Bob Cratchit's house," whispered Scrooge rubbing his hands together. "He shall not know who sent it. It's twice the size of Tiny Tim."

The hand in which he wrote the address was not a steady one, but he did it. He ran down the stairs to wait for the butcher. He opened the door and stood in the doorway. As he stood waiting, the knocker caught his attention.

"I shall love it as long as I live!" cried Scrooge. He patted it with his hand. "I never looked at it before. What an honest expression it has on its face. A wonderful knocker."

The butcher and the boy arrived. "Hello, turkey! What a turkey that is!" Scrooge looked down the street. "It's too large to carry. I'll call you a cab. Yes, a cab makes perfect sense. You must have a cab."

He chuckled when he said this. He chuckled when he paid for the turkey and the cab. He chuckled until he sat down and cried.

Scrooge dressed himself in his finest clothes. Shaving was not an easy task, for his hand continued to shake. Even if he had cut his nose off, he would have chuckled and carried on his merry way.

At last, he went out to the streets. People poured forth just as he had seen them with the Ghost of Christmas Present. He walked with his hands behind him and gave each passerby a smile. Scrooge looked so pleasant that some men said, "Good morning, sir. A merry Christmas to you!" What happy words they were to his ears! Joyous, happy words!

He had not gone far when he saw the man who entered his countinghouse the day before and said, "Scrooge and Marley, I believe?" It sent a pang to his heart to think what this man must think of him. But he refused to avoid the man.

"My dear sir," said Scrooge. Quickening his pace, he took the gentleman by both hands. "How do you do? I hope you succeeded yesterday. It was very kind of you. A merry Christmas to you, sir."

"Mr. Scrooge? Is that you?" The man blinked hard.

"Yes," said Scrooge. "That is my name. I fear I wasn't too pleasant to you. Allow me to ask for your pardon." Scrooge pressed something in the man's hand. "Will you have this goodness?"

The man was astonished at what he saw. "Lord, bless me! Are you serious?"

"If you please," said Scrooge. "Not a bit less. A great many back payments are included in it, I assure you. Will you do me a favor? Will you come see me sometime?"

The man looked at his hand full of good tidings. "I will, sir. I will."

"Thank you," said Scrooge. "I am much obliged to you. I thank you fifty times. Bless you."

Scrooge went to church, walked about the streets, and watched people hurrying about. He patted children on the head, questioned beggars, and looked into the kitchens of houses.

Everything brought him joy. Everything and everyone. He never knew that a simple walk could bring about so much pleasure.

In the afternoon, Scrooge turned his steps to his nephew's house. He passed the door a dozen times before he had the courage to knock.

"Is your master at home, dear?" said Scrooge to a girl.

"Yes, sir," said the girl, staring.

"Where is he, my love?" asked Scrooge.

"He's in the dining room, sir, along with his wife. I'll show you upstairs."

"He knows me," said Scrooge. "I'll go in there myself." He turned the door gently and walked in.

There was Fred and his niece just as he remembered in his scene.

"Why, bless my soul," cried Fred.

"Who is that?" asked the wife.

"It is I, your Uncle Scrooge. I have come to dinner. Will you let me in, Fred?"

Scrooge felt at home in five minutes time. What a wonderful time he had that evening! Wonderful, wonderful, oh, so wonderful!

But he was early at the office the next morning. Oh, he had planned it that way! If only he could be there first and catch Bob Cratchit coming in later. That was the thing his heart was most set upon.

And he did it! Yes, he arrived a full eighteen minutes before Mr. Cratchit. Scrooge sat there with his door open so he could see when the clerk arrived.

His hat off before he entered through the door, Mr. Cratchit was on his stool in a jiffy. He got down to work quickly.

"Hello," growled Scrooge in his accustomed voice. "What do you mean by coming in here this time of the day?"

"I am very sorry, sir," said Mr. Cratchit. "I *am* behind my time. I am very sorry."

"You are?" said Scrooge. "Yes, I think you are. Step this way, if you please."

"It's only once a year," said Mr. Cratchit pleading. "It shall not be repeated. I was making rather merry yesterday, sir."

"I'll tell you what, my friend," said Scrooge. "I am not going to stand for this sort of thing any longer. Not one bit longer. Do you hear me, Bob Cratchit? Therefore, I am about to raise your salary."

Bob trembled. He couldn't believe his ears.

"A merry Christmas, Bob!" said Scrooge with a sincerity that could not be mistaken. "A merrier Christmas, Bob, my fellow, than I have given you for many a year. I'll raise your salary and help your struggling family. Let's make up roaring fires before you dot another *i*, Bob Cratchit."

Scrooge was better than his word. He did it all and more. To Tiny Tim, who did not die, he was a second father. He became a good friend, as good a master, and a good friend to the city.

Some people laughed to see the change in him. He let them laugh, for he knew that laughter was always good. It was quite good to wrinkle up your eyes and have a good laugh when you could. His own heart laughed and that was quite enough for him.

He had no further visits from the spirits. It was always said that he kept Christmas with him throughout the year. May that be truly said of us, and all of us. And so, as Tiny Tim observed, God bless us, every one!

有声双语经典

地心游记	A Journey to the Center of the Earth
海底两万里	20,000 Leagues Under the Sea
爱丽丝漫游奇境	Alice's Adventures in Wonderland
野性的呼唤	The Call of the Wild
圣诞颂歌	A Christmas Carol
基督山伯爵	The Count of Monte Cristo
福尔摩斯探案	The Adventures of Sherlock Holmes
伊索寓言	Aesop's Fables
绿山墙的安妮	Anne of Green Gables
海蒂	Heidi
巴黎圣母院	The Hunchback of Notre Dame
简·爱	Jane Eyre
格林童话	Grimm's Fairy Tales
雾都孤儿	Oliver Twist
秘密花园	The Secret Garden
奇幻森林	The Jungle Book
小妇人	Little Women
傲慢与偏见	Pride and Prejudice
绿野仙踪	The Wonderful Wizard of Oz
隐身人	The Invisible Man
大卫·科波菲尔	David Copperfield
三个火枪手	The Three Musketeers
金银岛	Treasure Island
哈克贝利·费恩历险记	The Adventures of Huckleberry Finn
鲁滨逊漂流记	The Adventures of Robinson Crusoe
汤姆·索亚历险记	The Adventures of Tom Sawyer
远大前程	Great Expectations
彼得·潘	Peter Pan
双城记	A Tale of Two Cities
柳林风声	The Wind in the Willows
小王子	The Little Prince

图书在版编目（CIP）数据
圣诞颂歌 /（英）查尔斯·狄更斯（Charles Dickens）著；（美）丽莎·马拉基（Lisa Mullarkey）改写；孟晓俊译．—南京：译林出版社，2019.2
（有声双语经典）
书名原文：A Christmas Carol
ISBN 978-7-5447-7591-5

Ⅰ.①圣… Ⅱ.①查… ②丽… ③孟… Ⅲ.①长篇小说－英国－近代 Ⅳ.①I561.45

中国版本图书馆 CIP 数据核字（2018）第 264059 号

著作权合同登记号　图字：10-2017-419 号

圣诞颂歌［英国］查尔斯·狄更斯 / 著［美国］丽莎·马拉基 / 改写　孟晓俊 / 译

责任编辑　方　芳
装帧设计　侯海屏
校　　对　张　堃
责任印制　董　虎

原文出版　Abdo Publishing，2011
出版发行　译林出版社
地　　址　南京市湖南路 1 号 A 楼
邮　　箱　yilin@yilin.com
网　　址　www.yilin.com
市场热线　025-86633278
排　　版　南京展望文化发展有限公司
印　　刷　江苏凤凰新华印务有限公司
开　　本　850 毫米 × 1168 毫米　1/32
印　　张　6
插　　页　4
版　　次　2019 年 2 月第 1 版　2019 年 2 月第 1 次印刷
书　　号　ISBN 978-7-5447-7591-5
定　　价　32.00 元